Hannes Sonnberger. Hungry Heart.

Umschlaggestaltung, Satz & Fotos:
Genious Graphics Gabriele Sonnberger

Porträtfoto: Michael Schipper

Herstellung und Verlag:
BoD – Books on Demand, Norderstedt
ISBN 978-3-7392-0301-0

Für Gabi.
From the bottom of my hungry heart.

Anfang.

Da sitzt er nun vor mir. Im Rollstuhl, leicht nach links gelehnt. Schaut mich an. Der linke Mundwinkel nach unten hängend, die vollen Lippen nach außen gestülpt, so als wäre er zu faul, sich um ihre korrekte Position zu kümmern. Ich weiß nicht, ob er es könnte oder nicht. Opa spricht nicht mehr. Seit einem Schlaganfall vor einem Jahr ist sein Sprachzentrum zerstört. Nun muss er sehen, wie er mit Zuhören vorankommt. Manche sagen nun: „Endlich kommen wir auch einmal zu Wort – der Alte musste ja immer das letzte Wort haben."

Ich sage das nicht. Mir fehlt seine Stimme, die immer noch ein bisschen rauchig klang, obwohl er schon vor 25 Jahren mit dem Qualmen aufhörte. Vielleicht wäre er sonst gar nicht so alt geworden.

Dreiundachtzig Jahre! Ich will mir mit meinen 15 gar nicht vorstellen, einmal so alt zu werden. Werden zu müssen – würde Opa sagen, der irgendwann einmal mit dem lieben Gott einen Deal gemacht hat, zweiundachtzig zu werden und kein Jahr mehr! Von diesem Deal scheinen die Ärzte nichts gewusst zu haben, die ihn drei Wochen nach seinem 82. Geburtstag auf der Intensivstation wieder zurückgeholt hatten.

Opa hatte sich mit dem Kopf ganz tief gebeugt, um sich ein offenes Schuhband zu binden. Erst schien es nur, als hätte er das Gleichgewicht verloren, doch dann blieb er eigenartig lange liegen, sein linkes Bein zuckte wie unter Strom und er schaute meine Oma ganz verzweifelt an. Ich war nicht dabei. Sie hat es mir so erzählt.

„Oma" stimmt irgendwie nicht ganz.
Meine „richtige" Oma – die Mama meiner Mama – lebt nicht mit Opa zusammen. Schon mehr als 30 Jahre lang nicht mehr. Die „andere" Oma ist seine dritte Ehefrau. Sie war dabei. Und seitdem ist sie ein bisschen seltsam geworden. Sie färbt sich die Haare nicht mehr. Und geht nicht mehr in ihren heißgeliebten Tango-Kurs. Wegen ihrer Leidenschaft für den „getanzten Geschlechtsverkehr" (wie Opa immer grinsend sagte), war sie für mich immer die Tango-Oma. Also, war ist jetzt natürlich ein Blödsinn – sie ist die Tango-Oma. Jetzt sind die langen feinen rötlich gefärbten Haare ganz weiß geworden. Das steht ihr sogar recht gut – sieht fast aus, wie eine echte Oma. Dabei ist sie ja auch eine echte Oma – nur eben nicht meine, sondern von den Enkelkindern, die sie von ihren eigenen Kindern hat. Die sind aber nicht vom Opa.
Viele in meinem Freundeskreis beginnen bei meinen Erzählungen aus meiner komplizierten Familie die Augen zu verdrehen. Dabei ist alles nur halb so wild. Ich zum Beispiel habe gar keinen Papa, das macht doch das Durcheinander schon einmal um einen Teilnehmer kleiner.
Meine Mama hat ihn weggeschickt, da war ich grade ein Jahr alt. Ich sehe ihm ein bisschen ähnlich, sagt Mama und dass ihr das schon genügt. Mehr braucht sie nicht von

meinem Papa. Sie kommt schließlich ganz alleine supergut zurecht.

Und außerdem hatte ich bis vor einem Jahr immerhin noch Opa. Er wollte unbedingt OpA genannt werden, nicht OpI. Und doch: wenn ich mich an ihn kuschelte und Opili säuselte, fing er immer ganz sanft zu singen an. Irgendein Lied aus seiner unendlichen Jazz-Sammlung. Er hat es mir ohnehin schon so oft vorgespielt, ich glaube, es heißt „La Mer" oder so ähnlich. Opa sang immer mit einem wohligen Vibrieren in seinem Bauch, an dem man so schön ausruhen konnte.

Nun ist der Bauch verschwunden. Opa isst nicht mehr viel, er kann nicht gut kauen mit seiner gelähmten Backe und immer, wenn er sich bei seinen unbeholfenen Versuchen, etwas Festes zu verarbeiten, in die linke Backe beißt, haut er mit der rechten Hand auf den Tisch und macht ganz schlimme Geräusche. Das klingt dann wie das Brummen eines Bären. Mein großer Onkel Paul muss dann immer so lachen und sagt zu Opa: „Na, Schepsnbär, hast wieder nicht aufgepasst?" Und das macht den Opa dann nur noch wütender und er schüttelt seine dürre Faust in Onkel Pauls Richtung.

Jetzt sitze ich vor ihm und lese ihm aus dem aktuellen „profil" vor. Es ist Sonntag später Vormittag und die Post hat das abonnierte Nachrichtenmagazin schon gebracht. Das Abo läuft noch immer auf seinen Namen, obwohl die „Tango-Oma" es längst bezahlt.

Irgendwie glaube ich, hinter seinen Augen die Aufmerksamkeit und hin und wieder auch den Ärger zu erkennen. Opa kann seine Augen nicht im Zaum halten. Meine beiden Omas haben mir erzählt, wie sehr sie seine Augen lieben. Und wie sehr sie sich vor den Blitzen in seinen Blicken gefürchtet haben. Bis vor ungefähr fünf oder sechs Jahren. Da waren plötzlich die bösen Blitze aus seinen Augen verschwunden und ein Hauch von kindlicher Verspieltheit war in den braunen Untiefen eingezogen.

Opa ist trotzdem ein Fanatiker geblieben. Gegen Ungerechtigkeiten und ganz besonders gegen die „Blödheit der Menschheit" wie er es wütend zu bezeichnen pflegte, wenn wieder einmal etwas „seinen Intellekt beleidigte", konnte er lange Tiraden fast druckreifer Ausbrüche seines Zorns loslassen.

Nun habe ich seine Aufmerksamkeit. Ganz und gar. Ich genieße es. Dabei fällt es mir immer wieder schwer, ihn anzuschauen. Der weiße Haarkranz ist nicht mehr so akkurat gestutzt, wie noch vor einem Jahr. Bis dahin hatte er sich den Rest seiner Haarpracht jeden Samstag Vormittag mit einer Haarschneidemaschine auf exakt drei Millimeter gestutzt. „Rasenmähen" nannte er das. Und wenn er gut gelaunt war, dann durfte ich auf einem Schemel stehend einen kleinen Taschenspiegel genau so balancieren, dass er seinen Hinterkopf im Spiegel sehen konnte. Damit nur ja kein Fleckchen unbearbeitet bleiben durfte.

Vor zwölf Jahren hat er sich aus seinem Beruf zurückgezogen, ist mit der „Tango-Oma" ein halbes Jahr durch

Kanada gefahren und mit einem abenteuerlichen Backen-
bart zurückgekommen. Es waren weiß schimmernde sogenannte „Koteletten", die – exakt in der Länge seines
Haupthaars – bis auf die Höhe seiner Mundwinkel reichten.
Als ich Opa zur Begrüßung auf die Wangen küssen wollte,
haben die Barthaare ganz fürchterlich gepiekst und Opa
und wir mussten lachen. Dann ist er zu seiner umfangrei-
chen Sammlung von CDs marschiert, hat eine herausge-
holt und sie verschmitzt in den CD-Player gesteckt. Es war
„Jailhouse Rock" von Elvis Presley. Opa zeigte mir das
Cover und da war Elvis abgebildet – mit genau der Art von
Koteletten, wie Opa sie nun trug.
Natürlich in brünett und natürlich hatte Elvis sein Haupt-
haar zu einem Brillantine-glänzenden Kunstwerk aufge-
türmt – das wäre nun bei Opa nicht mehr möglich gewesen.
Opa stand vor mir, seine Hüften kreisten ein bisschen
unbeholfen zum Rhythmus der Musik und er nahm meine
Hände und drehte mich um meine eigene Achse. Dann
ließ er mich zwischen seinen gespreizten Beinen durchrut-
schen, was ihm einen kurzen Schmerzenslaut abpresste:
Ich glaube, seine Bandscheiben – oder was von ihnen übrig
war – hatten sich gemeldet. „Laura", hatte Opa gesagt,
„Elvis ist schon lange tot, aber ich lebe noch und ich werde
in den Jahren, die ich noch habe, ein bisschen Rock ´n´
Roll in die Welt tragen. Den passenden Bart hab ich mir
schon zugelegt!" Und dann machte er ein paar knirschende
Kniebeugen, bis mit einem hörbaren Knacks seine Rücken-
wirbel wieder eingerastet waren.

Zum Samstags-Ritual gehörte auch das Trimmen der Koteletten. Sie mussten eine messerscharfe Kante haben, kein Zehntelmillimeter eines einzelnen Barthaares durfte die Unterkante des Backenteppichs überragen.

Das ist nun vorbei. Die Koteletten sind noch da, niemand wagt es, sie abzurasieren. Aber natürlich sind sie meilenweit von den ästhetisch-strengen Maßstäben Opas entfernt. Sogar ich erkenne, dass sie nicht gleich lang sind und rund herum wuchert ein weißer Stoppelfriedhof. Kein Wunder: Opa ist zu einem Konzentrat an Unduldsamkeit geworden. Die Rasur, die die „Tango-Oma" alle zwei Tage an ihm verübt, ist in keiner Form innerhalb der strengen Normen. Oma tut mir leid. Ich weiß genau, wie gerne sie es ihm recht machen möchte und er ist doch nie zufrieden. Und alles dauert ihm zu lange. Manchmal, wenn sie sich über ihn beugt, um auf seinen schlaffen Wangen die Sisyphus-Fron der Rasur zu vollziehen, fährt er seinen intakten rechten Arm aus und kneift sie zart in den Popo. Oma protestiert dann immer mit theatralischer Entrüstung. Dabei sehe ich, wie sie sich darüber freut, dass noch ein bisschen Leben in ihm steckt.

In Opa steckt viel mehr Leben, als er selbst wahrhaben möchte.

Aber irgendwie glaube ich, er will es nicht mehr er-leben. Er ist sauer auf den lieben Gott und noch mehr auf die Ärzte, die den Deal mit Gott verpatzt haben – oder „verschissen", wie Opa sagen würde.

Meine Mama hat mir erzählt, dass er ihr vor langer Zeit – es muss so um seinen 50. Geburtstag gewesen sein – versprochen hatte, auf jeden Fall „durchzuhalten", bis sie 40 ist.

Das hat er dann auch großartig hingekriegt. Zu Mamas 40er war er 77, in bester Verfassung und sah ganz hervorragend aus. Ein bisschen gebräunt nach einem Sommer an der frischen Luft. Ein bisschen Übergewicht, das er einfach nicht loswerden konnte, obwohl er immer wieder darüber lamentierte. Aber die „Tango-Oma" mochte doch seinen Bauch so gern.

Und ein bisschen beschwipst – vom Single Malt, den er sich bei freudigen Anlässen und wenn er allein war, gerne genehmigte.

Ich sehe ihn noch vor mir, wie er – nach langem Zureden meiner Tante Lisa – doch bereit war, eine kleine Rede zu halten. Opa war ein guter Redner, vor allem, wenn es darum ging, ohne Vorbereitung ein paar schnelle treffende Anmerkungen zu platzieren.

Bei Mamas Geburtstag war alles anders. Ich habe ihn erwischt, wie er ein paar Wochen vor dem Fest in seinem Arbeitszimmer sitzend gegen die weiße Wand starrte und vor sich hin murmelte. Es war die Probe für seine Geburtstagsrede für die „Präsidentin seines Fan-Clubs". Das ist meine Mama. Laut Opa schon seit ihrer Geburt. Und für die Präsidentin durfte nichts dem Zufall überlassen bleiben. Und genau das machte es so schwer für ihn. Wenn schon vorbereitet, dann richtig. Dann musste jeder Halbsatz sitzen, jedes Wortspiel treffen.

Opa sagte immer, dass das Sprechen in Bildern mitten in die rechte Gehirnhälfte hineinwirkt, wo Bilder viele Tausend mal schneller verarbeitet werden, als Worte in der linken. Schon seltsam, dass das Blutgerinnsel des Schlaganfalls ausgerechnet seine rechte Gehirnhälfte erwischt hat, wo die schönen Bilder wohnen. Was Opa wohl nun so sieht? Und wenn die Worte ohnehin in der linken Hirnhälfte wohnen, warum spricht er dann nicht mehr?

Jedenfalls hat er bei Mamas Geburtstag gesprochen. Mit einer anfangs sehr zittrigen Stimme. Ich saß in seiner Nähe und habe beobachtet, wie sich während seiner Rede immer wieder dicke Tränentropfen am unteren Rand seiner Brille ansammelten, um dann immer wieder als kleine Dammbrüche seine Backen runterzulaufen.

Ich habe mir von seiner Rede nicht viel gemerkt, eine kleine Anmerkung hab ich mitgenommen. Opa erzählte von Mamas Geburt und wie er dabei war. Dass er hinter Oma stand, die sich bei der zweiten Presswehe ganz in den kurzen Ärmeln seines Polohemds verklammert hatte und beim letzten Ruck so fest anzog, dass Opa plötzlich ohne Ärmel dastand. Da hat Mama auch ein paar gerührte Tränen vergossen, obwohl sie doch die Geschichte wirklich schon auswendig runterbeten konnte. Das ist so beim Opa. Er erzählt manche Geschichten immer wieder gern. Und manche davon schon fast zu gerne.

Und meine Tante Lisa kann ihn auf ihre eigene Art immer wieder daran erinnern:„Schau, Papsi, ich glaube, die

Geschichte kennen wir schon", sagt sie immer und dabei legt sie ihren Kopf auf seine Schulter und streichelt seine Hand und dann musste der Opa immer grinsen und hat uns eine andere Geschichte erzählt. Eine, die er ein bisschen weniger oft wiederholt hatte.

Schon komisch: Mein Onkel Paul, der so lang ist, dass er immer den Kopf einziehen muss, wenn er durch die Tür kommt, der kann von Opas Geschichten gar nicht genug kriegen. Er sieht das schon fast wie bei einer der alten Juke-Boxes, in die man Münzen einwarf, um eine Schallplatte zu hören. Onkel Pauls Münzen sind kleine Provokationen, die er gerne mit einem Grinsen über den Tisch schleichen lässt. Das Grinsen ein bisschen schief und wenn das Licht günstig steht, kann man die kleinen Narben an seinen Unterlippen sehen. Die sind von den Piercings, die Onkel Paul als Teenager trug. Onkel Paul und Opa hatten so ein komisches Code-Wort. Es klang so ähnlich wie „Hiteit". Einmal hab ich mir ein Herz genommen und Onkel Paul gefragt, was das heißt. Und er erzählte mir eine Geschichte. Wie die ganze Familie – Opa noch mit der richtigen Oma zusammen – auf Sardinien auf Urlaub war. Und an einem faulen späten Nachmittag alle auf dem großen Doppelbett im klimatisierten Zimmer lagerten und durch die Fernsehprogramme zappten. Da war eine Sendung in einem englischen Programm über die alten Hethiter. Und der englische Kommentator sprach das Wort natürlich auch englisch aus. In Lautschrift: Hiteits.

Das hatte schon genügt, um Opa und Onkel Paul zu endlosen Lachstürmen hinzureißen. Da schlug der Mühlviertler in Opa durch, der seine halbe Linzer Kindheit im Mühlviertel verbracht hatte. Und die Mühlviertler sprechen in ihrer „Sprache" das Wort „hindeuten" so aus wie „hideiten". Bis vor kurzem genügte dieses Schlagwort für Opa und Onkel Paul, um eine halbstündige Kaskade loszulassen, die immer so begann: „Wos is, wenn da Hiteit auf wos hideit?"

Dann hat Opa immer so gerne auf die Ohren vom Onkel Paul gedeutet. Die sind tatsächlich komisch. Onkel Paul hatte in seiner Jugend nicht nur Piercings in der Unterlippe, sondern auch Ohrstecker in den Ohrläppchen, die damals Löcher verursachten – mit etwa 2 cm Durchmesser. Es gibt Fotos meines Onkels, da hat er sich durch diese Löcher Zigaretten gesteckt. Heute sind die Löcher zugewachsen, aber man sieht noch so etwas wie sternförmige Narben rund um eine kleine Vertiefung. Opas bevorzugte Objekte des Spotts.

Opa hasst es, wenn er im nachhinein recht hat. Angeblich hat er damals immer wieder warnend auf Paul eingeredet, er soll sich doch diese Trümmer aus den Ohren ziehen, er sieht aus, wie ein afrikanischer Stammeshäuptling. So jedenfalls hat Opa mir die Geschichte erzählt, Onkel Paul sieht das natürlich anders. So auf die Art: Er hätte immer gewusst, dass das alles einmal wieder zuwachsen würde und der Opa übertreibt wieder einmal maßlos.

„Laura-Schatzi, ich sage Dir: Es gibt nichts Schlimmeres

im Leben, als hintennach recht zu haben. Ich hasse es!" So hat Opa sich immer aufgeregt. Natürlich auch dann, wenn ich entgegen seinen Ratschlägen einmal meinen eigenen Kopf durchgesetzt habe und manchmal damit gegen die Wand gerannt bin. Bei mir hatte Opa aber keine Chance und das wusste er auch. Schon alleine mein Vorname hat ihn über alles getröstet, was seine Enkeltochter da und dort verbockte.

Er hat mir erzählt, wie gerne er meine Mama Laura nennen wollte. Weil er eine Freundin aus Studentenzeiten hatte, die Laura hieß und ganz tragisch mit 28 Jahren an Darmkrebs gestorben ist. „Laura-Schatzi, Laura heißt ´die Goldene´ und Du BIST meine Goldene".

Ja, Opili, ich weiß – auch so eine Geschichte, die ich schon etwas besser kenne.

Jedenfalls war´s so, dass, als meine Oma meine Mama in ihrem Bauch trug, eines der typischen Familientreffen stattfand, bei dem mein Opa erzählte, er würde das Baby gerne Laura nennen. Daraufhin machte mein Uropa – Omas Vati – ein papageienartiges Geräusch und sagte „Laura" – so wie Papageien eben reden. Großes Gelächter am Tisch, großer Ärger bei Opa, aus war´s mit Laura. Meine Oma hat sich dann den Vornamen „Hannah" für meine Mama gewünscht. Mit H vorn und H hinten, ganz wie bei der biblischen Hannah, die eine recht resolute Frau gewesen sein soll. Ganz wie meine Mama.

Opa hasst Familientreffen. Immer schon. Er liebt die kleine Runde. Maximal 3-4 Personen.

Das hat er mir erzählt, als wir einmal beide genug hatten von so einer Mega-Zusammenkunft.

Ich war damals sechs oder sieben Jahre alt und wir hatten uns zu einem runden Geburtstag versammelt – ich weiß nicht mehr, von wem aus der weitverzweigten Patchwork-Verwandtschaft.

Jedenfalls hat wieder einmal jemand sein „Kreuzworträtselwissen" zur Schau gestellt, wie Opa zu sagen pflegte. Ich selbst hatte niemanden zum Spielen und habe sehr gelangweilt gegähnt. Das hat Opa gemerkt und wir haben uns rausgestohlen. Zuerst zu einem nahegelegenen Spielplatz und dann auf ein Eis. Auf einer Parkbank haben wir das Eis geschleckt und Opa hat mir erklärt, warum er diese „Klugscheißerei" nicht mag. Das ist so etwas wie eine allergische Reaktion bei ihm. Die stammt aus der Zeit, als er noch zu den Familientreffen der Verwandtschaft meiner Oma mitging.

Egal, worum es bei diesen Treffen auch ging, immer fand sich jemand, der wie ein Lexikon zum grade besprochenen Thema Schulbuchwissen zum Besten geben musste. Opa nannte solche Leute „Kreuzworträtselkönige". Später – da war ich schon 12 oder 13 – hat er dann augenzwinkernd ein anderes Wort benützt: „Bildungsbürgerliche Masturbation". Und hat sich fürchterlich zerkugelt, als die Tango-Oma ihn dafür zurechtwies, vor mir solche unanständigen Sachen auszusprechen.

Opa konnte schon ein rechtes Ferkel sein. Immer wieder hatte er irgendwelche unanständigen Witze in der Hinterhand. Die habe ich lange Zeit nicht verstanden, erst in den letzten zwei oder drei Jahren kam ich hinter die zotigen Pointen und war immer wieder verwundert, wie jemand wie Opa solche Witze lustig finden konnte. Es gibt Freunde Opas, die haben mir erzählt, was für eine Witz-Kanone er einmal war. Opa konnte, wenn er einen zweiten Witze-Erzähler als Gegenspieler hatte, ganze Abende mit seinem unerschöpflichen Vorrat bestreiten.

Irgendwann hat er damit aufgehört. Und seine Freunde haben dann erstaunt festgestellt, dass Opa insgesamt besser drauf war. Sie behaupten, Opa hätte deswegen so viele Witze erzählt, weil er ganz tief drin sehr traurig war. Und wie diese Traurigkeit weggeflogen ist, musste er nicht mehr so viele Witze erzählen. Ich kenne Opa nicht aus der Zeit der Traurigkeit. Ich kenne so vieles nicht, was passiert ist, als Opa noch „jung" war. Er ist doch mein Opi und Opis sind nun mal älter. Und wenn er mich dann anschaut mit seinem schiefen Gesicht, kommt manchmal so eine Stimmung auf: Eine Mischung aus ganz viel Liebe und ganz viel Leben, das ganz versteckt in ihm ist. Dann möchte ich so gern so viele Fragen stellen und habe zugleich so viel Angst, dass er mir doch keine Antwort geben wird.

Seit ein paar Tagen habe ich einen Plan: Ich werde einfach einige der Menschen fragen, die Opa gut kennen. Das ist dann, als würde ich Opa „googeln", nur nicht im Internet, sondern in 3D. Ich schau mir „Opas Film" an. Und mit dem „großen Paul" fange ich an.

Und außerdem: Ich hab da einen Haufen Notizen vom Opa gefunden. Über 1000 verschiedene Themen. Kleine und große, dicke und dünne. Als ich sie durchgelesen hab, wars fast so, als würde der Opi doch wieder was sagen. Die muss ich einfach verwerten. Ich schieb sie einfach immer wieder zwischen meine Besuchs-Berichte. Und nenne sie „OO".
Wie Opi-Original.

Der große Paul.

Der große Paul heißt eigentlich Erich. Und obwohl ich die Geschichte seines zweiten Namens schon von Opa kenne, frage ich den großen Paul als erstes danach. Er erzählt mir, dass Opa und er das gleiche Stammlokal hatten. Opa war noch Student, der große Paul hatte ein kleines Kaffeehaus im 17. Bezirk in Wien. Und weil er bis Mitternacht im eigenen Lokal stand, konnte er erst gegen 1 Uhr in der „Palme" auftauchen – so hieß die Diskothek, in der er und Opa immer waren. Diskothek? Ja, sagt der der große Paul, so hieß das damals. Ein Club mit kleiner Tanzfläche, einer verspiegelten Kugel, die das Licht der Scheinwerfer multiplizierte.

Da stand der große Paul immer in einer Nische gleich beim Disc Jockey – damals sagte man noch so und wenigstens weiß ich jetzt, was „DJ" wirklich bedeutet – und er war ein großer starker Mann, den die Frauen spannend fanden. Das hat der große Paul mir nicht gesagt, das weiß ich vom Opa. Am anderen Ende der Bar war Opa. Meistens kam er alleine hin und oft ging er zu zweit.

Eines Tages ist Opa einfach auf den großen Paul zugegangen und hat ihn zu seinem Geburtstagsfest – in der „Palme" – eingeladen. Obwohl die zwei vorher noch nie ein Wort gewechselt hatten! Der große Paul hat geantwortet: „Meinst Du das ernst?" Und Opa sagte einfach nur „Ja! Weil ich Dich für einen coolen Typen halte und möchte, dass Du zu meinem Fest kommst." Seitdem ist der große Paul der beste Freund vom Opa. Opa hat einmal gesagt, der große Paul wäre der einzige Mann, den er sich jemals „aufgerissen" hätte.

Opa hat den großen Paul auch verkuppelt – mit Heidi, die eigentlich noch mit jemand anderem lebte. Aber als es mit diesem Freund vorbei war, war der Weg frei. Der große Paul muss lachen, weil er sagt, dass Opa zuerst gar nicht kuppeln wollte – der andere Freund und so. Aber als Heidi sich dann nach dem großen Paul erkundigte, gab´s kein Halten mehr.

Opa war dann Trauzeuge von BEIDEN – eine Standesbeamtin ist eingesprungen, damit alles seine Ordnung hat. Und Opa hat mir erzählt, dass mit Ausnahme seiner eigenen Hochzeiten die von Paul und Heidi die schönste war, bei der er je war.

Da war die Tochter der beiden gerade ein Jahr und einen Tag alt, hat am Standesamt am Fußboden die Tasche ihrer Mama ausgeräumt. Nachher zum Fotografen. Ein Foto zu zweit und eines zu dritt und eines zu viert. Auf dem sind dann alle drauf, die bei der Hochzeit waren. Dann im offenen 2 CV durch die Landschaft bei St. Pölten und zu einem kleinen Supermarkt, wo drei Gläser und eine Flasche Sekt gekauft wurden und weiter zu einem Badesee. Dort hat Opa die kleine Viviane auf dem Arm gehabt, die Flasche wurde geschüttelt und der Korken schoss weit über den See. Der große Paul ist ein bisschen gerührt, während er mir das erzählt. Er ist immer noch ein großer stattlicher

Mann mit kurz geschnittenem weißem Haar, das über der Stirn zu einem kleinen Knäuel zusammenwächst.

Und ich frage ihn, warum er der große Paul heißt. Er sagt mir, dass „Paul" nicht nur ein Name ist. Es ist ein Lebensprinzip. Ein Paul ist man oder man ist es nicht. Es ist die Mischung aus Humor, politischer Einstellung („links"), Toleranz, Kraft, selbstbewusster Haltung zu Frauen und das „Etwas", das jederzeit zu absurden Verrücktheiten imstande ist. Ganz trifft es das immer noch nicht, aber zumindest ein bissi – sagt der große Paul und lacht seinen Lacher, den ich auch so mag, wie mein Opa. Er kommt ganz tief von unten, das ganze Gesicht wird weit und offen und die Augen lachen mit.

Selbstverständlich war der Opa auch ein „Paul". Den Ehrentitel hat ihm der große Paul verliehen und Opa war immer superstolz darauf. Und selbstverständlich haben die beiden Pauls auch streng darauf geachtet, dass der Titel nicht an Unwürdige ging. Da wurden sogenannte Aufnahmsprüfungen abgehalten, die zum Schluss auch eine Prüfung der Trinkfestigkeit der Kandidaten vorsah. Ab und zu, erzählt der große Paul, haben die zwei auch weibliche Kandidaten in Erwägung gezogen, sind dann aber bald wieder davon abgekommen.

Warum heißt der große Paul eigentlich großer Paul?

Weil – und darauf ist der große Paul sehr stolz – die beiden Männer einen Deal hatten: Wer zuerst einen Sohn hat, der tauft diesen Sohn Paul und der jeweils andere ist Taufpate.

Der große Paul hat zwei Töchter. Und der Opa hat zuerst einmal meine Tante Lisa mit seiner ersten Frau gehabt und mit meiner Oma kam dann mein Onkel Paul. Das war über einige Jahre natürlich dann der kleine Paul. Und der große Paul war selbstverständlich Taufpate und wundert sich noch heute ein bisschen, mit welcher Selbstverständlichkeit Opa meiner Oma klargemacht hat, dass am Namen Paul und der Taufpatenschaft nicht zu rütteln ist. Als mein Onkel Paul 16 Jahre alt war, war er dann schon 1,96 Meter groß und war in Zentimetern der größte von allen drei Pauls. Aber der große Paul blieb der große Paul – so viel Zeit muss sein, sagt der große Paul immer.

Der große Paul ist eine ganz besondere Auskunftsquelle. Er kennt Opas erste Frau – Martina, die Mama meiner Tante Lisa. Er war sogar Trauzeuge bei der Hochzeit der beiden – eine klare Sache, wie er sagt. Der große Paul und Heidi haben Martina sehr gern gehabt. Sie war eine sehr schöne Frau, das sagen alle, die sie gekannt haben oder die einmal ein Hochzeitsfoto von den beiden gesehen haben. Und in ihrem Wesen war sie der Heidi ein bissi ähnlich, sagt der große Paul, der aber mit Heidi verheiratet blieb. Der Opa mit Martina nicht. Der große Paul musste mehrfach ausrücken, als der Opa mit Martina wieder einmal Streit hatte. Da waren dann Martina und Heidi sauer, weil die Männer schon wieder zusammen unterwegs waren. Der große Paul sagt, viel hat er dem Opa gar nicht geraten, sondern immer nur zugehört und bei den ganz schlimmen Geschichten einfach dem Opa Recht gegeben.

Von Opa weiß ich da eine ganz besondere „Weisheit": Opa hat mir einmal erklärt, woran man einen wirklich guten Freund erkennt. Und er hat natürlich dabei seinen besten Freund gemeint – den großen Paul. Opa hat mir ein Foto gezeigt – von seiner Promotion. Da ist Opa drauf, mit einem Doktorhut (vom großen Paul geschenkt – eh klar) und der große Paul. Beide lachen übers ganze Gesicht. Und der große Paul noch mehr, als der Opa. Wenn wir uns das Foto angeschaut haben, hat der Opa immer gesagt: „Schau, Laura-Schatzi, das ist wahre Freundschaft: Wenn sich Dein Freund über etwas, das Dir gelingt, noch mehr freut, als Du selbst!"

Der große Paul steckt voller Geschichten über den Opa. Als sie einmal ein Studentenfest heimsuchten und so betrunken waren, dass sie draußen am Parkplatz einen 2 CV, in dem ein Pärchen „schnackselte" (der große Paul muss bei diesem Wort ein bissi kichern) mit Holzlatten einer nahe gelegenen Baustelle verbarrikadierten und das Liebespaar nicht mehr rauskonnte. Und wie sie dann gemeinsam mit Pauls Auto heimfuhren. Gemeinsam heißt, sie mussten beide das Auto bedienen – der große Paul hat Gas gegeben und gelenkt und der Opa hat auf den Verkehr geschaut und geschaltet.

Oder wie der große Paul, als er noch in Wien wohnte und Opa noch studierte jeden Morgen beim Opa vorbeischaute, der ihm im Pyjama öffnete und immer das gleiche Ritual ablief: Opa fragte „Magst einen Kaffee?" Und der große Paul antwortete: „Wenn zufällig einer fertig ist!" Natürlich war immer zufällig einer fertig und der große Paul musste die drei Stockwerke ohne Lift nur dem Geruch des frischen Kaffees folgen. Dann haben die beiden Kaffee getrunken, den Kuchen, den Opas Mama geschickt hatte, gegessen und die Weltlage besprochen. Zu der Zeit hatte Opa einen „Hänger" bei seiner Dissertation. Es ging nichts weiter. Und der große Paul hat ihn einmal gefragt: „Wie viele Seiten hat so eine Diss eigentlich?" und der Opa hat geantwortet: „Circa 300." „Dann kann´s ja nicht so schwer sein", hat der große Paul genantwortet. „Schreibst jeden Tag eine Seite, bist in einem Jahr fertig!" Und der Opa hat mir erzählt: Genau so war´s. So ist die Diss vom Opa auch ein bissi die Diss vom großen Paul.

Opa und der große Paul hatten nicht nur das Kaffee-Ritual. Als der große Paul schon in Obritzberg bei St. Pölten wohnte, ist er immer wieder nach Wien gefahren und die beiden haben diverse Abende miteinander verbracht. Opa hat den großen Paul vom Bahnhof abgeholt, dann sind die beiden am Gürtel bis zum Café Weimar gefahren. Und hatten eine Wette: Wer errät, wie viele Huren auf dieser Strecke stecken, kriegt das erste Glas Wein geschenkt. Manchmal, wenn der große Paul solche Geschichten erzählt, wird er ein bissi rot im Gesicht, weil er nicht sicher ist, ob ich das alles wissen darf. Aber ich gebe keine Ruhe – bin ja schließlich schon groß und fast schon fertig mit meiner Pubertät. Und wenn der große Paul wüsste, was mir der Opa über ihn erzählt hat, würde er wahrscheinlich noch ein bissi röter im Gesicht.

Im Café Weimar haben die beiden gegessen und die ersten G´spritzten getrunken, die Lage gepeilt und sind dann runter in die „Palme". Und dort musste der DJ dann die Lieblingsnummer der beiden auflegen: „Hungry Heart" von Bruce Springsteen. Opa und der große Paul haben nicht Springsteen gesagt, sondern „Springstein". Und wenn die Nummer im Radio lief, haben sich die beiden viele Jahre lang angerufen und den Telefonhörer zum Lautsprecher gehalten.

Der große Paul fragt mich, ob ich weiß, dass er mit dem Opa sogar einen Halbmarathon gelaufen ist. Was für eine Frage! Darauf war der Opa doch immer so stolz. Opa hat mir die „Finisher-Medaille" gezeigt: Ein Weinkorken an einem Stoffband. Weil der Halbmarathon war doch in der Wachau. Und die beiden sind die ganze Strecke nebeneinander gelaufen, sogar Pinkeln waren sie gemeinsam – der große Paul muss wieder lachen. Und durchs Ziel sind sie Hand in Hand gelaufen und trotzdem war der Opa eine Sekunde langsamer, als der große Paul. In den Jahren danach ist der große Paul einige ganze Marathons gelaufen und hat sich eine gertenschlanke Figur zugelegt – das sieht man noch heute. Der Opa ist keinen Marathon gelaufen und hat sich sein Bäuchlein zugelegt. Aber Opa hat mir einmal erzählt, dass im Zieleinlauf des Wachau-Marathons der große Paul auf einmal starke Rückenschmerzen hatte. Und da hat Opa gesagt, er soll sich bücken und hat ihm seine rechte Hand auf den Rücken gelegt und da ist die Hand und der Rücken ganz warm geworden. Ich weiß noch, wie Opas Augen glänzten, als er mir die Geschichte erzählte. Ein paar Mal – so wie Opa halt war.

Der große Paul und Opa waren ganz große Fans vom „Ostbahn-Kurti". Na Du bist zum Schneiden schoaf in Deina neichn Schoin – singt der große Paul und klingt dabei plötzlich ganz jung und erdig. Bei einem Konzert von Ostbahn-Kurti hat Opa zum ersten Mal meine Oma mitgenommen und Paul und Heidi vorgestellt. Der große Paul lacht, wenn er erzählt, dass Oma dazu ihre Handtasche mitnehmen wollte und er und Opa ihr davon dringend abgeraten hatten.

„Weißt Du, dass Dein Opa fast bei der Geburt meiner ersten Tochter dabei war?" fragt der große Paul. Die Geschichte kenn ich nun doch nicht.

Als Heidi schon „sehr schwanger" war, ging sie ins Krankenhaus, weil das Baby bald kommen würde. Und der große Paul und Opa waren im Weimar und haben ein bissi was getrunken. Dann – so gegen 2 Uhr Früh – mussten die beiden noch einen Würstelstand besuchen und sind dann zum großen Paul nach Hause gefahren. Als sie das Stiegenhaus hinaufwackelten, hörten sie durch die Wohnungstür das Telefon läuten – Handys gab´s damals noch nicht. Das Baby kommt. „Was mach ich jetzt mit Dir?" hat der große Paul gefragt. Und Opa sagte: „Na was schon, ich fahr mit". Und dann sind die beiden um halb vier bei der Klinik angekommen und der große Paul ist rein und Opa hat im Auto gewartet.

Der Morgen graute und dem Opa war kalt und der Tequila

hat ihm auch nicht gut getan. Da ist er zum Pförtner gegangen und hat im Kreißsaal angerufen und gefragt, ob da nicht endlich was weitergeht. Und der große Paul wusste auch keine Antwort. Dann ist Opa nach Hause gefahren und am Vormittag kam der große Paul ganz übernächtig zum Kaffee-Ritual vorbei.

Dann wird der große Paul wieder ein bissi ernst und sagt: „Laura. Dein Opa konnte etwas, das hab ich immer an ihm bewundert: Er konnte etwas beenden, wenn´s nicht mehr gut war. Und wenn er sich etwas in den Kopf gesetzt hat, dann hat er´s durchgezogen.

So viele Jahre ist er mir in den Ohren gelegen, ich soll doch ein eigenes Restaurant aufmachen, weil er so überzeugt war von meinen Qualitäten als Koch." Und zu Weihnachten ist der Opa dann immer ganz baff gewesen, wenn er und der große Paul telefonierten. Opa mit der Weihnachtsgans in der Küche und der große Paul mit einem mehrgängigen Menue vom Feinsten. Diese Situation kenne ich, ich habe Opa oft zu Weihnachten beobachtet und wie begeistert er immer von den Kochkünsten Pauls war. Opa hat mir aber erzählt, wie wichtig ihm der große Paul war, wenn es um innere Festigkeit und klare Linien ging. Da war der große Paul nicht zum „Derbiegen", wie Opa immer sagte, der mit seinem besten Freund nächtelang politisieren konnte – oft auch am Telefon oder bei langen Autofahrten. Opa hat den großen Paul geliebt, wie zwei Männer, die Frauen lieben, sich lieben können. Ich weiß ganz genau, dass der große Paul Opa so kennt, wie ihn sonst keiner kennt und dass der große Paul Sachen über den Opa weiß, die Opa ganz bestimmt nur ihm erzählt hat. Auch so Geschichten über die Liebe, wo sich der große Paul manchmal gewundert hat, wie jemand wie Opa so ein Chaos mit sich herum-tragen konnte. Aber er hat´s verstanden – auf seine eigene Art und hat dem Opa niemals Vorwürfe gemacht, auch wenn er selbst so einen Sauhaufen der Gefühle nicht anrichten würde.

„Das ist eben Freundschaft" sagt der große Paul und dabei schaut er auch ein bissi traurig drein, weil er jetzt so gern mit dem Opa auf einen G´spritzten gehen würde.

Und dann schickt mich der große Paul zu meiner nächsten Station. Eh klar, sagt er, es kann nur eine geben, weil er die schon fast so lange kennt, wie den Opa: Zu Lisa, meiner Tante.

OO.

Meine Mutter. *1933-2004. Sie war der traurigste Mensch, der mir je begegnet ist. Und trotzdem hat sie mir aus reiner Seele das Lachen beigebracht. Wer mich drei Minuten kennt, weiß, wie gut ihr das gelungen ist. Alles gut, Mutti!*

Heute wäre mein Vater *89 Jahre alt geworden. Er hatte ein besonderes Talent: Aus dem Gehör Melodien auf dem Klavier nachzuspielen, ohne je Notenlesen gelernt zu haben. Sein Lieblings-Lied: „On the street where you live." Wäre er Bar-Pianist geworden, statt Direktor einer Baumaschinen-Fabrik, ... Keep swinging, Vati!*

Meine Großväter. Hans Bumberger. *1903-1977. Mein Opi war ein Geschöpf der Monarchie. Sein Vater war bis Beginn des 20. Jahrhunderts Pächter des Wiener Café Central. Er wurde damit sehr reich und konnte es sich leisten, mit seiner Familie als Privatier am Linzer Römerberg in einer stattlichen Villa zu leben. Im Ersten Weltkrieg kaufte er Unsummen an Kriegs-Anleihen, die zum Ende des Krieges nur noch Müll waren. Mit knapper Mühe konnte das Haus behalten werden. Mein Großvater machte eine Ausbildung als Agrar-Ingenieur und maturierte mit Auszeichnung. Er war eine - wie man damals formulierte - stattliche Erscheinung. 1 Meter 95 groß und wog in seiner Glanzzeit 140 kg. Spielte mehrere Instrumente, sang begnadet, sprach mehrere Sprachen. War humorvoll, charmant, schlagfertig. Seine Arbeit führte ihn zu den Bauern aufs*

Land, wo er auch in schlechten Zeiten keinen Hunger leiden musste. Seine Wirkung auf Frauen blieb nicht ohne Folgen. Aus einer Romanze mit einer Kellnerin entstand sein Sohn Hans, der bei seiner Mutter lebte. Meine Großmutter, die er dann kennenlernte, war eine mondäne Frau, die ihn gegen vehementen Widerstand ihrer Eltern heiratete. Sie konnte es schwer ertragen, wenn er im Trachten Anzug neben ihr am Steyrer Stadtplatz flanierte. Nach fünf schwierigen Ehejahren wurde meine Mutter geboren. Als nach dem „Anschluss" in der „Ostmark" die Ehescheidung legal geworden war, wurde die Ehe nach insgesamt 10 Jahren geschieden. Dann brach der zweite Weltkrieg aus und Opis Sohn Hans musste einrücken. Mein Großvater trat der NSDAP bei, sein Bruder war vorher schon illegaler Nazi gewesen und stand im Hitlergruß vor dem Sarg der Mutter. Opi wäre auch noch im wehrfähigen Alter gewesen und hat sich dem Einsatz an der Front durch neuerliche Heirat und Zeugung von 5 Kindern im Jahres Abstand entzogen. Mit seinem Sohn Hans hatte er vereinbart, dass dieser desertieren solle, wenn die Lage hoffnungslos werden würde. Sein Sohn erkrankte im Feld an Flecktyphus und schrieb seinem Vater im Fieberwahn einen Brief mit der Formulierung „Ich bin schon übern Berg." Das wäre der Losungssatz gewesen im Fall der Desertion. Als Hans am Typhus starb, erhielt mein Großvater die Todesnachricht, die er monatelang nicht glaubte. Nach dem Krieg hatte er 6 lebende Kinder und einen toten Sohn. Er wurde als harmlos entnazifiziert und begann wieder in der Landwirt-schafts-Kammer zu arbeiten. Seine berufliche Tätigkeit war nicht gesundheits-gefährdend. Mittags briet er auf einer Elektro-

Platte Koteletts und Kartoffeln. Ich bin oft aus dem nahen Kindergarten zu ihm gegangen. Seine große Leidenschaft war die Jägerei. 1957 - zwei Wochen nach der Hochzeit meiner Eltern - sprang ihm ein Rehbock in die Beiwagen-Maschine. Opi erlitt einen doppelten Schädelbruch und der Sehnerv des rechten Auges wurde durchtrennt. Ich erinnere mich noch gut an das orientierungslos herumirrende blinde Auge. Er ließ sich den Schaft des Jagdgewehrs umbauen und ging weiter zur Jagd. Nach der Pensionierung hielt er in Linzer Gastgärten tapfer die Stellung. Er zog seine Virginier-Zigarre durch den Bierschschaum, bevor er sie anfachte. Er war ein Linzer Original. Man konnte ihn auf einem Klapprad durch die Altstadt fahren sehen. Im ledernen Trachten Anzug und mit einem Rucksack, in dem er immer ein großes Stück Brot, eine Seite Speck, eine Flasche Schnaps und ein Taschenmesser mitführte. Für alle Fälle. Er erhielt das Goldene Verdienst Kreuz für Verdienste um die Republik.

Meine Großväter. Hans Sonnberger. 1892-1969. Mein Opi war ein Sudeten-Deutscher. Er wurde im südböhmischen Städtchen Hohenfurth geboren und war gelernter Bäckermeister. Im Ersten Weltkrieg kämpfte er in 6 Isonzo Schlachten und wurde mehrfach schwer verwundet. Sein linkes Bein war danach dauerhaft behindert, durch seine rechte Handwurzel ging ein Bajonett Stich. Wenn er den Teig knetete, konnte er das Mehl durch das Loch rieseln lassen. Wie Abertausende andere hat er sein Leben für einen sehr dummen Herrscher riskiert und sein kaputtes Bein wurde trotz der Krampfadern Heilung, für die der seltsame Habsburger selig gesprochen wurde, auch nicht wieder grade. Nach dem Krieg spekulierte er mit einer Waggonladung Mehl, verdiente einen Haufen Geld und baute die modernste Bäckerei in ganz Südböhmen. Er wurde zum Bürgermeister in Hohenfurth gewählt, sorgte für ein gutes Miteinander der deutschsprachigen Mehrheit und der tschechischen Minderheit, es wurden eine neue Schule und ein Krankenhaus gebaut. Er war niemals ein Nazi und als die die Tschechoslowakei annektierten, wurde er abgesetzt und 6 Monate in Linz in Gestapo Haft gehalten. In den letzten Tagen des Krieges rückten die Amerikaner heran und mein Großvater ging laut rufend durch den Ort, um weiße Beflaggung zu bewirken, während noch ein SS Kommando stationiert war. Die SS türmte, der Ort blieb verschont. Dann haben ihn die Amis vorsichtshalber eingesperrt (ihn für den Nazi Bürgermeister gehalten) und nach Aufklärung des Irrtums wieder in sein altes Amt eingesetzt. 24 Stunden, bevor die Russen die Gegend übernahmen, haben die Amis ihm angeboten, all seine Bäckerei-Maschinen und Gerätschaften mit Waggons nach Linz zu fahren. Mein Großvater lehnte das dankend ab, er hatte nie einem Tschechen was angetan. 3 Stunden nach Abzug der Amis wurde er von den Russen festgenommen und ortsfremde Tschechen haben ihn enteignet und ihn als Holzknecht in seinem früheren Wald arbeiten lassen. Nach einem halben Jahr wurden meine Großeltern mit einem kleinen Karren von Habseligkeiten aus dem Land vertrieben. Meine Tante sah das bis zu ihrem Tod sehr differenziert und meinte, dass nach all den Gräueltaten der Deutschen in all den Nazi Jahren leider auch Unschuldige draufzahlen hätten müssen. Opi hat all das nie verwunden. Mit viel Mühe hat er eine kleine Greißlerei am Land betrieben und damit gehadert, dass er den Deal mit den Amis nicht eingegangen ist. Sein Humor (und sein Jähzorn) haben ihn frisch gehalten, seine Liebe zu seinen Enkeln war unermesslich. Auf der Kranzschleife auf seinem Grab stand: Hans Sonnberger, Bürgermeister der Stadt Hohenfurth.

Ein paar Gedanken zur Nacht. Offiziell entstamme ich der sogenannten Baby Boomer Generation. Meine Eltern sind in der Nazi Zeit aufgewachsen. Mein Vater war noch im Krieg, dann in Gefangenschaft und ist 1946 als 20 - Jähriger alter Mann nach Hause gekommen. Meine Mutter hatte sich standhaft geweigert, zum BdM zu gehen und war als alles vorbei war, müde. 1958 - in meinem Geburtsjahr - waren die beiden 32 bzw. 25 Jahre alt und mussten - das begreife ich erst jetzt - völlig ratlos dem Rock ,n' Roll gegenüber gestanden sein. Horst Winter und Peter Kreuder standen statt dessen im Plattenschrank. Als 1968 in Paris die Pflastersteine flogen, glotzten die beiden fassungslos in den Fernseher. Dass mein Vater mir zu Weihnachten die Schallplatten gekauft hat, die ich ihm aufgeschrieben hatte und meine Mutter bei meinen Schulfreunden wegen ihrer Mehlspeisen Kult Status genoss, muss ich ihnen heute hoch anrechnen. Ja, meine große Tochter hat mir vor 10 Jahren gesagt: Papa, ich hab da einen coolen Gitarristen entdeckt - Eric Clapton - wird dir nichts sagen. Und ich konnte ihr einen halben Meter Vinyl voller Clapton vorführen. Das halte ich heute noch für ein unglaubliches Glück. Zugleich beschleicht mich ein Gefühl der Milde meinen gestrigen Eltern gegenüber. Für die Scheiße, durch die sie gewatet sind, waren sie ganz schön OK.

Meine Urgroßmutter. Theresia Sonnberger. 1948 mit 99 Jahren gestorben. 3 Ehemänner überlebt. 6 Kinder geboren. 10 Enkelkinder, 18 Urenkel. 2 Weltkriege. Ein Gesicht wie die böhmische Landschaft.

Mein Urgroßvater. Hoffe, von seiner DNA ist noch was übrig. Über den Schnauzer muss ich mit Gabi noch verhandeln ...

Dr. Erich Liedl, mein von ganzem Herzen geliebter Schwiegervater hat heute, am 1. Mai 2015, um 21.15 sein letztes Ziel gefunden. Er lebt in uns als geistiger Leuchtturm weiter. Voller Energie und Esprit. Er hat die Herz-/Hirn-Schranke, die so viele von uns nicht überwinden können, bravourös geknackt. Immer wieder. Und immer wieder neu. Und heute hat er nach hartem „Verhandeln" mit seiner übergeordneten Instanz seinen Frieden mit der Welt gemacht. Mit einer Welt, die er - berechtigt - immer für unvollkommen hielt. Er hat sie mit einem Lächeln im Gesicht verlassen. Und uns damit reich beschenkt. Danke Papa!

Nachts im AKH. Am 9.12.2015 wurde mir ein gutartiges Geschwür aus der Nase operiert. Durfte bald nach Hause. Nach ein paar Tagen ging's mir wieder halbwegs. Heute hatte ich ein recht gutes Gefühl, bis mir gegen 17.00 ein Blutstrahl aus der

Nase rann, der nicht zu stoppen war. Zum Glück war meine Frau schon am Weg nach Hause, sie hat auf meinen Notruf die Rettung geholt und ab mit Blaulicht ins AKH. Dort bin ich dann erstmal bewusstlos geworden und dann langsam wieder zurückgekehrt. Blutung gestoppt. Jetzt schau ich mir aus der 15. Etage den nächtlichen Wiener Himmel an und lausche dem martialischen Schnarchen meiner Zimmergenossen. Ist ja schließlich die HNO Station ... Meine großartige Gabi hat derweil stundenlang die Sauerei zuhause aufgewaschen. Manchmal möchte man ein großer Junge sein und kriegt es einfach nicht hin.

Aufruf an alle, mit denen ich die Freude habe, hier verbunden zu sein: In den letzten Wochen und Monaten durfte ich vielen von Euch zum Geburtstag gratulieren. Und: Ich habe zu viele Tränen auf den Friedhöfen geweint. Deshalb meine dringende Bitte: Bleibt am Leben und erfreut Euch daran!
Heute wurde der wunderbare Christian Strasser beerdigt, der großartigste Wort-Artist, der mir je begegnet ist. In der Verabschiedungshalle wurde eine seiner Text-Juwelen verlesen. Und der große Gaukler hat es fertiggebracht, dass bei seinem Begräbnis gelacht werden konnte.
Danke, Ursula Vybiral für DEINE Worte. Mitten aus Deinem Herzen.

2004. Meine wunderbare Tochter Lisa hat ein Jahr an einer amerikanischen High School vollendet. Zur Graduation, die mit meinem Geburtstag zusammenfällt, beschließen wir, rüberzufliegen. Lisa schult mich zeitgerecht auf die Umstände ein. Sie lebt auf einer Farm in Indiana. In the middle of nowhere. Alle 15 Meilen eine Farm, dazwischen die Felder. Und ein Einkaufszentrum. Und die High School. Die Gasteltern wunderbare Menschen, aber erzkonservativ und streng religiös. Lisa bittet mich eindringlich, vor Ort nicht über Politik zu reden, ihre Gasteltern würden mich für einen Scheißliberalen halten. Bitte keinen Eklat nach all der Zeit! Ich verspreche Wohlverhalten. Nach einer wirklich rührenden Graduation-Feier werden wir alle anlässlich meines Geburtstags in ein supercooles Steakhouse eingeladen. 45 Meilen Anreise. Dort werde ich mit einer Riesenportion eines Kuchens überrascht, den man bei uns bis vor kurzem „Mohr im Hemd" nannte. Ich bin blöd genug zu fragen, ob meine Gastgeber wissen möchten, wie man das bei uns nennt. Leider wollten sie. Ich übersetze auf „Negro in a shirt". Peinliches Schweigen. Schließlich sagt der anwesende Opa – bis zu diesem Moment mein deklarierter Freund: „You would not get away with this in that country."

Alles beruhigt sich wieder, die Steaks sind köstlich und riesig. Zu vorgerückter Stunde schlägt eine schwere Farmerhand auf meinem Oberschenkel auf. Ich höre: „Na Junge, was sagst Du zum Irak?" (Der Irak-Krieg war grade in vollem Gang). Ich sehe, wie Lisa sich mit beiden Händen an ihrem Sessel festklammert. Große ängstliche Augen. Ich fasse mich und versuche folgendes: „Na ja, irgendwie alles eine Frage der Perspektive. Unsere Medien berichten anders, als eure. Eure Jungs sind dort, unsere nicht. Und ihr seid doch unsere Freunde. Ihr habt uns von den Nazis befreit, habt uns mit dem Marshall-Plan wieder aufgepäppelt, habt am Balkan für Frieden gesorgt, weil wir in Europa das nicht hingekriegt haben. Was mich nur irritiert ist, wenn ich die Fotos von Abu Ghraib sehe und wie die Iraker dort misshandelt werden, dann frage ich mich: Was machen unsere Freunde dort für Sachen?" In die Stille kommt die Replik der Gastmama: „Ja genau, was machen die auch Fotos?"

Lisa.

Meine Tante Lisa. Sie ist Opas älteste Tochter. Aus seiner ersten Ehe mit Martina.

Sie ist eine besondere Frau. Mitte 50 – so genau bin ich einfach nicht mit den Geburtstagen und bei uns Frauen ist es auch immer so eine Sache mit dem Alter. Ich bin ja schließlich auch schon 15, sehe aber ein bisschen älter aus – das hab ich von meiner Mama. Und manches Mal hab ich aber auch noch so eine „Aura" (so würde Opa es nennen – er meint damit so was wie „Ausstrahlung", aber in meinem Fall sagt er lieber Aura, weil es sich auf Laura so schön reimt), also eine Aura wie ein süßes kleines Baby. Und dann hab ich diesen Blick, dem Opa nie widerstehen kann und er sagt mir, den hätte meine Mama auch immer aufgesetzt, wenn sie was von ihm wollte. Aber ich will jetzt wirklich über Lisa schreiben!

Also: Lisa ist Mitte 50 und sieht immer noch super aus. Sie trägt die Haare in einem Pagenschnitt und der passt zu ihrem schlanken Gesicht, in dem zwei dunkle braune Augen sitzen. Was mir immer schon ganz besonders aufgefallen ist, sind ihre Hände. Ganz schlanke Finger, auf denen ganz sparsam, aber immer genau passend Schmuck sitzt. Den hat sie selbst gemacht. Kein Wunder, meine Tante ist gelernte Goldschmiedin. Und was für eine! Da hat der Opa auch seine Finger im Spiel gehabt. Lisa ist ein

Multi-Talent – hat Opa immer gesagt. Und: Das hat sie ganz bestimmt von ihrer Mama.

Lisa hat auch eine Matura als Kindergärtnerin. Darüber hat mir der Opa eine Geschichte erzählt, bei der seine Augen immer glänzten. Als Lisa sich auf die Matura vorbereitete, hat sie wochenlang Tag und Nacht gelernt. Bis Opa sie angesprochen hat und meinte: „Pupsi (er nennt Lisa immer Pupsi), lass nach, Du schaffst die Matura ganz sicher, bei dem Aufwand, den Du aufführst!" Da hat Lisa gesagt: „Was heißt schaffen, Papa, ich will eine Auszeichnung!" Und dann hat sie doch tatsächlich mit Auszeichnung maturiert! So wie der Opa auch und Opa war immer davon überzeugt, dass Lisa ihm damit was beweisen wollte. Also, Lisa hat ihre Matura geschafft und dann hat Opa sie in sein Lieblings-Lokal eingeladen: Die Cantinetta Antinori. Dort hatte er immer denselben Tisch – Tisch 26. Und da haben die beiden über Lisas Zukunft gesprochen, was sie jetzt machen wird und so. Lisa erzählt mir, dass sie an dem Tag ein selbstgebasteltes Collier getragen hat – Schmuck basteln war schon damals ihre große Leidenschaft. Und da haben die beiden über diese Leidenschaft geredet und dass Lisa eigentlich nicht als Kindergärtnerin arbeiten wollte. Nach dem Essen hat Opa Lisa vorgeschlagen, dass sie schnell einen Abstecher zu einem Freund machen, der ganz in der Nähe ein sehr gutes Juweliergeschäft hat, damit er die beiden zusammenbringt. Daraus ist dann eine Lehrstelle für Lisa geworden, weil, ja weil Lisa eben dieses Collier getragen hat. Einen Tag später hat dieser Freund den Opa angerufen und ihm ganz aufgeregt gesagt, dass es dieses Collier schon gibt, was Lisa natürlich nicht wissen konnte. Es wurde von einer weltberühmten Designerin für die englische Queen gemacht und liegt bei der im Tresor! Da war dann der Opa ganz aufgeregt und ganz supermörderstolz auf seine Tochter.

Und Lisa – typisch Lisa, würde der Opa sagen! – hat dann drei Wochen, nachdem sie mit der Lehre begonnen hat, gleich einen Design-Wettbewerb gewonnen, bei dem sich Goldschmiede-Lehrlinge aus ganz Österreich beteiligt haben. So ist sie eben.

Und Opa hat sich nicht eingekriegt vor Freude. Das war ihm eine solche Genugtuung. Weil: So wie immer wieder einmal, hat sich der Opa still und heimlich gegen die Mama von Lisa durchgesetzt. Die hat nämlich nicht an die Goldschmied-Geschichte geglaubt und wollte Lisa lieber als Kindergärtnerin sehen. Aber mit einem hat Lisas Mama recht gehabt – und das hat mir Opa oft erzählt: Lisas Mama hat sowas wie einen sechsten Sinn und als sie ein Foto von dem Juwelier gesehen hat, meinte sie, der sieht ja aus wie von der Mafia. Und prompt war das Verhältnis von Lisa und ihrem Chef während der ganzen Ausbildung schwierig und letzten Endes hat Opa ihm wegen seiner seltsamen Art auch die Freundschaft gekündigt. Da ist der Opa komisch: Er lässt sich immer wieder lange eine ganze Menge gefallen, aber irgendwann gibt es dann einen Punkt, da reicht es ihm dann so sehr, dass er ganz brutal den Hut drauf haut.

Lisa und Opa haben eine ganz besondere Beziehung zueinander. Das weiß ich vom Opa, aber auch von ihr. Opa hat mir immer gesagt, dass er seine Kinder alle gleich VIEL liebt. Aber jedes anders und jedes auf seine Art. Als Lisa noch keine vier Jahre alt war, ist Opa ausgezogen, weil er es mit Martina nicht mehr ausgehalten hat. Opa hat mir nie viel von seiner ersten Ehe erzählt, deshalb werde ich ganz bestimmt auch noch Martina – Lisas Mama – besuchen gehen. Ein Jahr nach seinem Auszug war dann die Scheidung und von der weiß ich zwei Dinge: Sie war an Opas 32. Geburtstag und deshalb hat Opa immer gesagt, er hätte seine Midlife-Crisis schon Anfang 30 hinter sich gebracht. Und: Martina hat Lisa zur Scheidung mitgenommen und dort dem Opa eine Riesenszene gemacht. Vor Lisas Augen und Ohren. Das hat den Opa auch noch viele Jahre später ganz wütend gemacht. Und ich habe gemerkt, dass er dabei auch wütend auf sich selbst war und sich geschämt hat, weil er Lisa sowas angetan hat.

Es ist schon irgendwie eigenartig. Meine Tante Lisa hat eine besondere Eigenschaft: Sie kann sich an bestimmte Dinge erinnern und an andere nicht. Sie hat sich da so eine Art Filter zurechtgelegt, damit ihr nicht alles so weh tun kann, wie es weh tun könnte. Das fällt mir bei unserem Gespräch auch wieder auf. Da kriegt sie dann einen sehr festen Blick, schaut ein bissi woanders hin und wechselt das Thema.

So bin ich bei manchen Einzelheiten auf das angewiesen, was Opa mir ab und zu erzählte, oder auch meine Oma –

die richtige Oma! – weil die hat auch schon sehr früh ziemlich viel mitbekommen.

Opa hat mir jedenfalls immer wieder mit einem romantischen Säuseln in der Stimme gesagt: „Weißt Du, Laura-Schatzi, Deine Oma muss mich aus Liebe geheiratet haben, weil ich war nach meiner Scheidung die allerschlechteste Partie von ganz Wien."

Und die Oma sagt dann bei solchen Gelegenheiten immer: „Dein Opa hatte nicht nur kein Geld, sondern einen Haufen Schulden, er war schwer angeschlagen nach der Ehe mit Martina und der Scheidung und er war bis oben hin voll mit einem superschlechten Gewissen wegen Lisa."

Wie auch immer: Wenigstens hat der Opa sich bemüht, Lisa alle 14 Tage ein Wochenende lang zu haben und das hat er auch sehr konsequent durchgezogen. Lisa erzählt mir dazu, dass er an diesen Wochenenden mit einer Eselsgeduld mit ihr ganz lange gespielt hat. Brettspiele, Puzzles und so was. Und dass sie dann zu Hause von ihrer Mama das Gleiche wollte, was Martina aber nicht so drauf hatte. Und der Opa eigentlich auch nicht! Der hat immer geglaubt, dass er das „Spielen" gar nicht kann, weil er es von seinem Vater nicht gelernt hat.

Und dann wird Lisa aktiv in unserem Gespräch. Auf einmal gibt sie Gas.

Sie erzählt mir, dass Opa nicht bei ihrem ersten Schultag dabei sein konnte, weil der damalige Freund ihrer Mama (den sie später auch geheiratet hat), das nicht erlaubte. Und dass sie bei ihrer Erstkommunion auf den Tisch gehaut hat und mit 8 Jahren darum gekämpft hat, dass ihr Papa dabei sein kann. Und sie hat sich durchgesetzt. Nicht schlecht für eine 8-Jährige. „Ja", sagt Lisa, und da kommt die Kindergärtnerin in ihr durch, „aber eigentlich ist das kein Job für ein kleines Kind und da habe ich doch auch oft weinen müssen, in dem Alter." Und da beben ihre Lippen ein bissi und dann schaut sie wieder wo anders hin.

Ich kenne dieses Thema auch ansatzweise von Opa. Er hat manchmal davon geredet, wie schwer es war, nach den gemeinsamen Wochenenden Lisa zu ihrer Mama zurückzubringen und dass sich Lisa an seinen Beinen festgehalten hat, weil sie nicht wollte, dass er geht. Und dann hat der Opa Lisa noch im Stiegenhaus weinen gehört und hat sich zwei Stockwerke tiefer auf eine Treppe gesetzt und selbst geweint.

Lisa hat dann einen Bruder bekommen – Arthur – der Sohn aus der Beziehung ihrer Mama mit Hubert. Und kurz darauf hat meine Oma Paul geboren. Dann hatte Lisa auf einmal zwei Halbbrüder. Und heute sagt sie – daran kann sie sich erinnern –, dass sie damals meinte, lieber als zwei Halbbrüder wäre ihr ein ganzer gewesen. Da war meine Mama noch nicht auf der Welt. Und Lisa und meine Mama sehen sich so ähnlich, da hat der Opa seine Gene ganz vehement ins Spiel gebracht!

Lisa sagt, dass sie ihre Pubertät überhaupt nicht ausgelebt hat. Sie war aus ihrer Sicht viel zu brav. So brav, dass der

Opa sie immer wieder liebevoll angestichelt hat und mehr Widerstand von ihr forderte. Lisa blinzelt ein bissi und sagt dann: „Na, den hat er ja dann von Deinem Onkel Paul mehr als genug gekriegt!" Und dann lacht sie, und blitzt mich mit ihrem offenen Gesicht und ganz braunen Augen an und sagt: „Von Dir hab ich aber gar nicht den Eindruck, dass Du Deine Pubertät nicht auskostest, mein Schatzi! Ich kann mich da an Deine Mama erinnern, da bist Du ganz nach ihr!" Na gut. So sieht es meine liebe Tante Lisa, was weiß denn die, wie anstrengend so eine Pubertät sein kann. Und Gott sei Dank ist sie ja bald vorbei. Das findet meine Mama übrigens auch, die auf meine Auszucker manchmal ziemlich genervt reagiert. Dann streiten wir und Mama geht dann mit festem Schritt ohne Worte aus dem Zimmer. Genau wie Lisa!

Jedenfalls ist Lisa dann mit 16 für ein Jahr nach Amerika gegangen. Auf eine Highschool. Gewohnt hat sie auf einer Farm „in the middle of nowhere". Rundherum meilenweit nur Felder und ab und zu eine andere Farm. Das hat ihre Mama eingefädelt. Nicht die Farm, sondern die Auszeit in Amerika. Der typische sechste Sinn. Lisa und ihre Mama wussten genau, dass Lisa nach dem Jahr in Amerika nicht mehr zu ihrer Mama zurückkehren, sondern bei meinem Opa wohnen wird. Und da erzählt mir Lisa eine Geschichte: Ungefähr drei Monate vor ihrer Rückkehr hat sie mit Opa telefoniert und sie haben ausgemacht, dass sie bei ihm und meiner Oma einziehen wird. Das durfte sie, weil sie mit 17 Jahren wählen konnte, wo sie leben will. Dann hat Opa

Martina zum Essen eingeladen – in die Cantinetta, eh klar – und die beiden haben sich alles ausgeschnapst. Danach hat Lisa mit Opa telefoniert und er hat über das Gespräch mit Lisas Mama gesagt: „Zu 80 Prozent wars gut, 20 % Prozent waren der übliche Schas." Und Lisa muss heute noch lachen, weil genau dasselbe hat ihre Mama auch gesagt!

Dann war Lisa drei Jahre in Opas Familie. Und irgendwie dürfte es eine gute Zeit gewesen sein. Opa redet gern davon, meine Mama und Onkel Paul auch und auch die Oma ist heute noch glücklich, dass sie da mitgemacht hat. War ja doch auch für sie eine Riesen-Umstellung, auf einmal ein drittes fast erwachsenes Kind im Haushalt zu haben.

Schon witzig: Opa und Lisa sind sich über diese drei Jahre sehr einig. Endlich Alltag. Gemeinsamer Alltag. Und endlich auch die üblichen Streitereien zwischen Vater und Tochter. Lisa hat ihren damaligen Freund oft nach Hause gebracht, der hat schon fast mehr bei ihr gewohnt, als bei seinen Eltern. Und dann ist sie mit Sampo, ihrem Freund, zusammengezogen. Opa war traurig, weil er seine Tochter wieder loslassen musste. Aber er hat mir oft erzählt, dass er volles Vertrauen zu Lisa hatte und daran hat sich bis heute nichts geändert. Die beiden haben dann in den Jahren danach eine wirklich gute Freundschaft zueinander entwickelt. Lisa wusste recht gut Bescheid über Opas Liebesleben nach der Trennung von meiner Oma und hat ihm auch immer wieder ein paar strenge Anmerkungen verpasst, wenn er sich aus ihrer Sicht wieder mal verrannt hat. Darüber redet sie heute nicht so viel, sie kriegt traurige Augen, weil sie sich so oft Sorgen um ihren Papa gemacht hat. Na ja, schließlich hat sich der Opa ja auch wieder gefangen. Und einmal hat er mir gesagt: „Puhh, ich verstehe Deine Pubertät so gut. Ich hatte die mit 50. Aber wenigstens hab ich damals keine Pickel gekriegt und meine Glatze hatte ich auch schon." Dann hat er gelacht und wenn die Tango-Oma in der Nähe war, musste sie einen seiner Liebes-Anfälle ertragen. Da wurde er dann ab und zu ganz schön keck und Lisa musste sich dann – wenn sie grad dabei war – immer ein bissi künstlich aufregen: „Geh Papsi, pass auf Deine Bandscheiben auf, sonst muss Dich der Simon wieder zusammenflicken!"

Simon. Lisas Mann. Den mag ich! Er kommt aus Salzburg und ist ein durch und durch fröhlicher Mensch, ohne oberflächlich zu sein. Und ich weiß, dass der Opa ihn auch mag. Nicht, weil er Physiotherapeut ist und ihn mit seinen begnadeten Händen immer wieder einrenkte, sondern weil er Lisa so gut tut. Er kann mit ihren Macken ganz entspannt umgehen und ist dabei so liebevoll, wie sie es verdient. Sie liebt ihn immer noch von ganzem Herzen. Nach 30 Jahren! Bei ihrer Hochzeit hat der Opa natürlich eine Rede gehalten und zum Abschluss sogar gesungen! Ein ganz romantisches Lied von Nat King Cole: „I wish you love." Die DVD von damals hab ich mir oft angesehen. Und die sanfte tiefe Stimme vom Opa hab ich jetzt noch im Ohr, wie sie zwischendurch immer wieder ein bissi ausgesetzt hat, weil er doch seine Älteste loslassen musste. Lisa und Simon haben relativ spät Kinder gekriegt. Meine ehrgeizige Tante Lisa MUSSTE ja noch ihr Kunstgeschichte-Studium zu Ende bringen. Und das neben der Arbeit als Goldschmiedin! Und dann hat sie einen superguten Job in einem Auktionshaus gekriegt. Ich habe lange nicht gewusst, was Auktionen sind. Da werden uralte Gegenstände an uralte Menschen versteigert, die ganz viel Geld für den Krempel ausgeben. Lisa muss immer ein bissi mit mir schimpfen, wenn ich so rede und ich weiß eh, dass es nicht ganz so arg ist. Immerhin versteigern die auch ganz junge Gegenstände an ganz alte Leute. „Jetzt ist es aber genug!" sagt Lisa dann und gibt mir einen Klaps auf die Schulter. Also, von meiner Tante Lisa hab ich zwei Cousins. Felix und Ferdinand. Die sind so fesch wie ihre Mutter und so sportlich wie ihr Vater. Und Opa liebt seine Enkelkinder. Der Sport war nicht so seins, aber meine Cousins lieben die Art, wie Opa blödelt und da haben sie viel mit ihren Eltern gemeinsam.

Lisa macht sich in letzter Zeit viele Sorgen um ihren Papsi. Weil er nicht spricht und sie jetzt nicht mehr mit ihm quatschen kann. Also setzt sie sich hin und redet auf ihn ein und er hört ihr zu. Dann schnappt sie seinen Rollstuhl und geht mit ihm an die frische Luft. Und wenn sie zurückkommen, hat er immer eine gute Farbe im Gesicht. Entweder wegen der frischen Luft, oder weil sie ihm wieder was erzählt hat, das ihm nicht passt und er nicht zurückreden konnte.

OO.

Große Ereignisse:

1. Kurzurlaub mit meiner Liebsten im trotz Regen schönen Tirol.

2. Paul Auster, einen meiner Lieblings-Autoren mit der dritten (wie jedes Mal begeisterten) Lesung von „Mit der Hand in den Mund" von seinen schwachen Büchern der letzten Jahre die Absolution erteilt.

3. Eine Lederhose (kurz und knackig lt. Aussage meiner Liebsten) gekauft und somit auf dem Weg in die infantile Regression.

Eine herrliche Wanderung hoch über Dürnstein. *Dabei erklärt mir meine wunderbare Frau die Entstehung der Alpen. Insbesondere die sogenannte „Auffaltung" erschließt sich mir nun endlich Jahrzehnte nach dem Gymnasium. Ich glaube, genauso ist mein Bauch entstanden.*

>>> **Gabriele Sonnberger:**
Irgendwie ist mir grade so danach.

„Wenn die Sonne scheint, dann muss ich an dich denken!
Denn mein Sonnenschein, Bambina,
Das ist duhuhu!
Wenn du nicht da bist, bin ich immer einsam, denn glücklich sein kann ich
Nur mit dir gemeinsam.
Wenn du nicht da bist, bin ich immer einsam, doch wenn du bei mir bist, ist alles gut."
(Rocco Granata, 6oer Jahre)

Es gibt Tage, da melden sich beim Aufwachen alle Bandscheiben von C4 bis L5 einzeln zum Rapport. Dann schaust du in das liebevolle Gesicht deiner Frau, denkst an deine wunderbaren Kinder, deine Freunde und - ja! - den coolen Job, den du hast und irgendwie stellt sich die Beweglichkeit von ganz tief drinnen ein.

Nacht in der Toskana. Der erste Patchwork Urlaub. Freude über alles, das sich so wunderbar zusammenfügt. Vor Glück nicht schlafen können. Hab vom heutigen Tag am Strand einen leichten Sonnenbrand am Rücken mitgebracht. Am Bauch nicht. Mein Schatzi muss bei dieser Mitteilung lachen ...

Mal was ganz Anderes: Ich habe in den letzten Wochen und Tagen so viel Liebe, Freundschaft und Zuneigung erfahren, dass es höchste Zeit ist, einfach einmal DANKE zu sagen!

Zuhause ist die Aufhebung der Sehnsucht. *Respekt ist das Erkennen des Ähnlichen. Toleranz ist der Verdacht, der andere Mensch könnte recht haben. Beten ist die Anerkennung der Geschäftsbedingungen des Universums.*

Paul.

Mein Onkel Paul. Opas einziger Sohn. Er ist hineingeboren in eine neue Welt und trotzdem hat er so viel „Altes" mitgenommen. Opa würde mich für diesen Satz jetzt zornig anschauen und mich fragen, ob ich „wo dagegen gerannt bin". Jahaaaa! Ich hab´s verstanden! Also, was ich meine, ist das Folgende: Mein Onkel Paul ist das erste Kind von Opa und der Oma. Aber zugleich war doch Lisa schon da und deswegen ist er doch der Zweitgeborene. Und dann kam nach zwei Jahren meine Mama auf die Welt und schwupps war Paul der ältere Bruder.

Da soll sich einer auskennen. Und für ihn war das mit seinen zwei Jahren ganz sicher nicht leicht. Dazu würde Opa jetzt ein bissi schmunzeln und sagen: „Laura-Schatzi, systemisch betrachtet hast Du jetzt wieder recht." Das verstehe ich zwar nicht so ganz, aber Opa muss ab und zu noch ein bissi reinprotzen mit seiner Klugheit und es wird schon irgendwie richtig sein, was er da so in sich hineinmurmelt. Oder gemurmelt hätte.

Mein Onkel Paul. Ich mag ihn auf eine ganz besondere Art. Er ist 1,96 Meter groß und manchmal glaube ich, er weiß nicht so recht, wohin mit seiner Länge. Jetzt, mit fast 50 Jahren, hat er sich ein kleines Bäuchlein zugelegt. Aber ich kenne ihn noch als spindeldürren Typen, der es sich angewöhnt hat, immer ein bisschen gebückt zu gehen, damit er sich nirgends den Kopf anhaut.

Onkel Paul war mein Spielkamerad, als ich noch ganz klein war. Der konnte sich auf die kindischsten Sachen einlassen und hatte so eine Ausdauer im Spielen mit mir, dass ich immer vor ihm müde war. Und dann hat er mich auf seine Schultern gesetzt und ich musste mich ganz fest zusammenreißen. Nie im Leben habe ich jemals wieder so einen Ausblick aus dieser Höhe gehabt. Und gleichzeitig hab ich auch ein bissi Angst gekriegt, so hoch oben.

Dann hat er meine Beinchen ganz fest gehalten und gesagt: „Na, Laurachen, Du wirst doch nicht schwindelig werden, da oben? Keine Angst, ich halt Dich fest!" Und dann hat er ein paar tänzelnde Schritte nach links und rechts gemacht und ich musste kichern, weil das von dort oben so witzig aussah.

Onkel Paul ist ein ganz Besonderer. Opa würde vielleicht sagen, er ist eine alte Seele.

Er kann so viele verschiedene Sachen und immer wirkt er, als würde er noch immer seinen richtigen Weg suchen. Wenn Onkel Paul kocht, lasse ich immer alles liegen und stehen und genieße, was er auf den Tisch zaubert. Da ist immer so viel Phantasie drin und gleichzeitig schwindelt er mich dann immer an, wenn er sagt: „Alles streng nach Rezept!" Wenn ich ihn dann frage „Onkel Pauli, wo steht das alles geschrieben?" deutet er auf seine große Nase und grinst ein bissi schief.

Und dann kann Onkel Paul auch supergut Musik machen. Er spielt auf der Gitarre, als wäre sie an ihm angewachsen und wenn er gut drauf ist, singt er sogar! Und das klingt erstaunlich gut – bissi rauchig und dazwischen immer wieder total jung.

Obwohl mein Onkel schon fast 50 ist – na ja, ungefähr jedenfalls – hat er noch kein graues Haar. Er hat sich eine Igel-Frisur zugelegt und man sieht da und dort ein paar schüttere Stellen, aber alles in allem ist er noch ganz gut in Schuss. Ich weiß, dass Opa ihn immer wieder darauf angeredet hat, wie ungerecht er das findet, dass jemand mit so einem Lebenswandel noch immer so gut beisammen ist. Aber da ist Opa ausnahmsweise total ungerecht! Ich weiß ganz genau, dass er ein bissi neidig war, weil Paul einfach so unbekümmert in seinem Leben herumfuhrwerkt und immer alles gut geht, egal wie tief die Scheiße grade ist, in der er watet. Entschuldigung, das sind jetzt nicht meine Worte – das hab ich vom Opa.

Dabei ist im Leben von Onkel Paul doch eh alles in Ordnung! Man glaubt es nicht, aber er ist Lehrer geworden! Für Musik und Politische Bildung! Opa ist sogar immer wieder richtig stolz auf ihn gewesen, weil alles hätte er Paul zugetraut, aber das nicht!

Wenn Opa mir über Pauls Schul-Laufbahn erzählte, war immer wieder so ein warnender Unterton in seiner Stimme. So auf die Art „Mach das ja nicht, da kommt nichts Gutes dabei heraus!" Wenn dann Onkel Paul darüber redet, hört es sich erstaunlicherweise recht ähnlich an. Er wollte halt eine Menge ausprobieren und dabei ist nicht alles so gelaufen, wie er es wollte. Dann kriegt Onkel Paul einen sehr ernsten Gesichtsausdruck und ich sehe ihm heute noch an, wie er sich geplagt hat und immer wieder eine Menge Ärger mit den Lehrern hatte und noch mehr mit Opa und Oma.

Opa hat mir manches Mal gesagt, dass er Paul auf seine Art ziemlich gut verstanden hat. Paul ist ihm sehr ähnlich und „kauft sich seine Erfahrungen immer zum Höchsttarif", wie Opa zu sagen pflegte und da dachte er immer auch an sich selbst.

Meine Oma sagt immer, Paul ist ein Kind der Liebe gewesen. Eigentlich hätten sich Opa und Oma zu der Zeit, als Paul geboren wurde, kein Kind leisten können. Opa hat noch seine Scheidungs-Schulden gezahlt und mit zwei Gehältern konnten sich die beiden ein ganz gutes Leben leisten. Aber wenn ein Gehalt ausgefallen wäre ...

Aber dann haben sich die beiden „nix geschissen" – hat Opa immer gesagt – und an einem Marien-Feiertag (8. Dezember) ganz entspannt den Paul gezeugt. Und dann ist der Kerl auch noch an einem Marien-Feiertag auf die Welt gekommen! Am 15. August! So hat er sich seinen zweiten Vornamen eingehandelt: Paul Maria.

Opa und Oma waren überglücklich und Paul war, was er in seinem Leben noch öfter sein würde: Müde. Weil er um drei Wochen zu früh gekommen ist, aber schon vier Kilo schwer war, hat er sich erst einmal von den Strapazen erholt und sein erstes Lebensmonat einmal durchgeschlafen. Sogar beim Stillen ist er eingeschlafen, pflegt meine Oma gerne zu sagen. Heute kann er mit weiblichen Brüsten viel aufmerksamer umgehen, kontert dann mein

Onkel Paul und dann werde ich immer ein bissi rot beim Zuhören.

Zwei Jahre später kam dann meine Mama zur Welt – so wie mein Onkel Paul ein absolutes Wunschkind – und alle waren glücklich. Nur für meinen Onkel war plötzlich Schluss mit dem Leben als Hahn im Korb. Und meine Mama und er haben die ersten 10 Jahre ihres Lebens fast nur gestritten. Mama sieht das heute natürlich anders. Da gibt es Fotos von den beiden, wo sie ihren großen Bruder richtig anhimmelt und die beiden halten auch wirklich zusammen wie Pech und Schwefel. Obwohl sie so verschieden sind.

Opa hat die dauernden Streitereien überhaupt nicht ausgehalten und sich immer wieder mörderisch über die zwei geärgert. Dann hat er die zwei gefragt: „Wollt ihr in einem Haus wohnen, wo Mama und Papa auch so viel streiten, wie Ihr?" Natürlich wollten die beiden das nicht und dann waren alle beide sehr betroffen, wie Oma und Opa sich getrennt haben, obwohl sie doch nie gestritten haben.

Meinen Opa und Paul verbindet etwas ganz Besonderes. Onkel Paul hat mir erzählt, dass Opa bei seinem 18. Geburtstag zwei Reden gehalten hat. Eine im kleinen Kreis, nur mit Mama, Oma und Onkel Paul dabei und eine im großen Familienkreis. Dabei hat er einiges erzählt, was typisch ist für diese besondere Vater-Sohn-Beziehung. Weil Paul doch so ein unglaublicher Seismograph ist. Immer schon. Schon als ganz kleiner Bub hat er genau gespürt, wenn mit seinem Papa was nicht stimmte und ihn dann getröstet. Mit eineinhalb Jahren ist er dem Opa, der ganz erledigt war von einem Scheiß-Arbeitstag in der Agentur hochgesprungen und hat – bevor Opa noch einen Mucks machen konnte – ihm auf die Schulter geklopft und gesagt: „Mach Dir nichts draus!" Und dann gibt es noch eine Geschichte, die kennt mein Onkel wahrscheinlich gar nicht, deshalb erzähle ich sie ihm jetzt, weil Opa sie mir erzählt hat.

Als Paul noch ganz klein war – vielleicht nicht einmal 3 Jahre alt – da hat der Opa ganz viel Ärger mit seiner ersten Frau gehabt. Weil die wollte ihm das sogenannte Besuchsrecht für meine Tante Lisa wegnehmen. Und da ist der Opa spät in der Nacht mit seinem Laptop beim Esstisch gesessen und hat einen Brief ans Gericht geschrieben, mit dem er sein Recht, Lisa zu sehen, verteidigte. Auf einmal geht die Tür zum Kinderzimmer auf und Paul kommt daher. In seinem Strickpyjama. Und fragt den Opa: „Papa, was machst Du denn da?" Und der Opa hat geantwortet: „Ich muss einen schwierigen Brief schreiben." Da hat sich Paul auf seinen Schoß gesetzt und seinen Kopf an Opas Schulter gelehnt und Opa hat seinen Brief fertig getippt. Dann hat er Paul zurück ins Bett gebracht und ist selber schlafen gegangen. Und das Gericht hat ihm sein Besuchsrecht gelassen und es war wieder Frieden. Opa hat mir diese Geschichte immer wieder erzählt, weil er damit seine Nähe zu Paul beschreiben wollte.

Da erzählt mir nun mein Onkel Paul eine andere Geschichte, an die er immer wieder denken muss, weil er damit seinen Papa einmal sprachlos gemacht hat. Nicht aus Ärger, sondern weil sich der Opa so unglaublich darüber gefreut hat. Als Paul 14 Jahre alt war, sind er und Opa einmal zum Japaner essen gegangen. Und es gab ein sogenanntes Vater-Sohn-Gespräch. Und der Opa war grade frisch gebackener Coach und hat dem Paul eine typische Coach-Frage gestellt: „Was würdest Du denn anders machen als ich, wenn Du selbst einmal Kinder hast?"

Und dann kam ganz spontan die Antwort von meinem Onkel Paul: „Gar nichts. Ich würde alles ganz genau so machen, wie Du!" Und ich weiß von Opa, dass ihn diese Antwort aus den Schuhen gehaut hat, weil er doch immer so sehr daran gezweifelt hat, ob er ein guter Vater ist.

Und kurz danach ist mein lieber Onkel Paul ein soge-nannter Emo geworden. Das kennt man heute gar nicht mehr, aber damals waren das Leute so zwischen 15 und 17, die hatten eine ganz große Traurigkeit in sich und wollten das der ganzen Welt zeigen. Mit schwarzer Kleidung, schwarz gefärbten Haaren, schwarzen Fingernägeln (auch die Jungs!), Hundehalsbändern und dunkel geschminkten Augen. Meine Oma und auch Opa haben mir oft erzählt, wie sehr sie darunter gelitten haben, dass Paul so war und dass er gar nicht aus dieser Welt herauswollte. Da ist dann in der Schule alles schief gelaufen, Paul war manches Mal tagelang nicht daheim und wenn, dann war er nur grantig auf alle. Oma und Opa konnten nicht mehr schlafen, Paul hat die Schule geschmissen und alles war ganz unendlich hoffnungslos. Und eines Tages saß Paul dann neben dem

Opa beim Frühstück und sagte: „Weißt Du, wie ich so ein Emo war, da war ich wirklich brainfucked." Und der Opa hat gesagt: „Da hast Du recht. Willkommen zuhause!" Und ab da haben die beiden nie wieder solchen Ärger miteinander gehabt.

Ein paar Jahre später – da hat Opa schon alleine gelebt, nach seiner Trennung von Oma – war Paul einmal ein paar Wochen bei ihm. In einer „Männer-WG", wie Opa manches Mal verschmitzt zu sagen pflegte. Und eines Abends hat Opa gebügelt und Paul hat sich zu ihm gesetzt, seine Gitarre ausgepackt und gespielt. Dann wurde eine Flasche Wein aufgemacht.

Ich weiß von Opa, dass er noch als alter Mann an diesen Abend dachte und mein Onkel Paul schaut ganz gerührt drein, während wir darüber reden.

Meinen Onkel kann man nicht berechnen. Ich weiß das aus eigener Erfahrung.

Einmal – wie ich noch klein war – sollte er mich abholen und mit mir zum Spielplatz gehen, da ist er einfach nicht gekommen. Verschlafen! Aber wenn man ihn wirklich braucht, dann steht er da wie ein Soldat. Ich hatte da einmal richtigen Ärger mit meiner Mama, weil sie mich mit einem Schulfreund nicht ins Kino gehen lassen wollte, da hat er sie angerufen und gefragt, ob sie ein bissi deppert ist und ob sie vergessen hat, wieviel Streit sie mit der Oma wegen so was hatte und jetzt führt sie sich genau so auf. Da musste die Mama lachen und hat so getan, als wäre nichts gewesen und beim nächsten Treffen hab ich Onkel Paul dann ein dickes Bussi auf seine Backe gegeben – auf Zehenspitzen und er hat sich netterweise zu mir heruntergebeugt. Na ja, so ein Bussi von mir ist schon was wert, da bin ich heikel!

Und auch von Opa weiß ich, wie oft er und Paul dann als Erwachsene diese „Männer-Gespräche" geführt haben und Paul seinem Papa auch ab und zu eine Standpauke gehalten hat, weil der alte Gauner schon wieder so viel Ärger mit den Frauen hatte. Meine Mama hat ihn sogar einmal als „ewigen Junggesellen" bezeichnet. Und so wie ich Opa kenne, hat er das nicht einmal als Kritik aufgefasst!

Jetzt, wo Opa im Rollstuhl sitzt, muss er es sich gefallen lassen, wenn mein Onkel Paul ihn manches Mal hochzieht und heraushebt. Dann trägt der Sohn den Vater ein paar Meter durchs Wohnzimmer und ich muss mich immer wundern wo der dünne Onkel Paul die Kraft dafür hernimmt. Dann wuchtet er Opa auf die Couch, dreht den Fernseher auf und sagt: „Na Scheps, ziehen wir uns einen coolen Film rein? Ich bin heute am Drücker und hab die Macht über die Fernbedienung, aber ich wird schon was finden für uns zwei!" Und dann schaut ihn Opa sprachlos an und manches Mal denke ich mir, wenn er jetzt so könnte, wie er wollte, würde er mit Paul eine gespielte Rauferei anfangen – so wie damals, als Paul noch klein war und so gern mit seinem Papa raufen wollte.

Mein Onkel Paul. Er ist seinem Papa so ähnlich! Immer auf der Suche nach der großen Liebe und gleichzeitig immer neugierig, ob sich nicht was Besseres findet. Dabei hat er´s doch wirklich gut getroffen. Meine Tante ist eine wunderbare Frau! Reicht ihm grade bis zur Schulter, hat aber im entscheidenden Moment immer die Hosen an. Dann schaut sie ihn von unten nach oben an, schickt ihm einen angedeuteten Kuss und schon schmilzt der sanfte Riese wie die Butter in der Sonne! Und Paul ist ein großer Vater geworden. In jeder Hinsicht.

Und manches Mal sogar um einiges strenger, als sein eigener Papa. Dass sich Opa manches Mal eingemischt hat und seinen Sohn daran erinnert hat, wie er selbst einmal gewesen ist.

Zum Glück hat mein Onkel Paul selbst einen Sohn, den er nach seinem Onkel Bernhard genannt hat und eine Tochter, die er nach seiner Linzer-Oma Elisabeth getauft hat. Er ist halt doch im Grunde seines Herzens ein altmodischer Typ, mein ausgeflippter Onkel Paul.

OO.

Mai. In den 6oer - Jahren. *In Bad Leonfelden. Einer kleinen Marktgemeinde im Mühlviertel. Wegen der heilenden Moorbehandlungen zum Kurort erhoben. Mitten am Marktplatz eine in ganz Österreich weltberühmte Konditorei. Seit Jahrhunderten als Lebzelter bekannt und geschätzt. Der Konditor bei der Blasmusik und auch ein bisschen dem Okkulten zugetan. Der Maibaum wird aufgestellt und der Konditor sieht seine Stunde kommen. Er wettet mit dem Trommler der Blasmusik, dass er ihn hypnotisieren kann und ihn den Maibaum raufkraxeln lassen wird. Der Karl spielt mit und erklimmt unter tosendem Applaus der Umstehenden den Maibaum bis zur Spitze. Oben angekommen lobt er die Aussicht und die frische Brise. Der Konditor verneigt sich und ruft hinauf: „So, Koarl, passt scho, hiatzt kumm owa." Und der Karl verweigert. „Na, is so schee do obm, do bleib i jetz." Eine schwierige und wechselvolle Verhandlung entspinnt sich. Der Karl ist unter wiederum großem Applaus erst runtergekommen, als der Konditor vor Zeugen versprochen hatte, er würde der Blasmusik ein Faß Bier spendieren.*

Bad Leonfelden, Teil 2. *Als 1968 die Warschauer Pakt Truppen den Prager Frühling niederwalzten, nützte ein sowjetischer Panzerfahrer, dessen Truppe bei der nur 7 km entfernten tschechischen Grenze stationiert war, die Gunst der Stunde, um nächtens den Schlagbaum bei der Grenzstation umzunieten und sich samt Panzer bis Leonfelden durchzuschlagen. Das* dort ohnehin nicht postierte österreichische Bundesheer war keine Gefahr für den Ausreißer. In Leonfelden parkte der Russe den Panzer mitten am Marktplatz, betrat das grade Stammtisch diensthabende Wirtshaus und suchte um politisches Asyl an. Am Stammtisch saß ein Fuhrwerker, der im Ersten Weltkrieg in russische Kriegsgefangenschaft geraten war. Aus dieser Zeit hat er sich das Vater Unser auf russisch gemerkt. Der möglicherweise atheistische Panzerfahrer musste zuerst ein Vater Unser auf russisch über sich ergehen lassen und wurde danach im Feuerwehrdepot eingesperrt. Am nächsten Tag wurde der Panzer von rasch herbeigeholten russischen Militärs schleunigst entfernt. Der Panzerfahrer wurde nach Linz gebracht, wo ihm das ersehnte Asyl gewährt wurde.

Gottfried Hochreiters Fernsehwurst. Nach einer halben Kindheit und einer halben Pubertät, die ich im Mühlviertel verbrachte, war mein Drang, Zeit in dieser herb-schönen Gegend zu verbringen, eher überschaubar. Aber so um die 30 entdeckte ich das Mühlviertel als ideale Kraftquelle wieder. Für den mittlerweile sehr in Wien Heimischen war die Konfrontation mit der granitenen Sprache in Oberösterreich streckenweise unangenehm bis peinlich. Noch heute muss ich mich ein bisschen fremdschämen, wenn der oberösterreichische Landeshauptmann Interviews gibt. Recht typisch ist der Drang, „pf's" in ganz bestimmte Worte einzuschleusen. Zum Beispiel: Rimpfleisch, empfernen, Pfapfinder, Rapfahrer. Oder auch Gopfid (Gottfried).
Womit wir bei Gottfried Hochreiter wären, begnadeter Flei-

schermeister in Bad Leonfelden. Bei einem meiner Rückzüge aus der Flitterwelt der Reklame saß ich im an die Fleischerei angeschlossenen Wirtshaus Gottfried Hochreiters. Er kannte mich schon, seit ich 6 Jahre alt war. Mit aller Herzlichkeit lud er mich ein, mit ihm in die Produktion zu gehen, er müsste mir unbedingt was zeigen. Dort wartete eine Stange Wurst, die auf den ersten Blick wie eine Salami aussah. „Reines Rimpfleisch, a bissi a Soiz, sunst nix! Und waaßt, wos des beste is: d'Leit essen beim Pfernsehn immer de grauslichen Chips und nocha sans blad und schiach davo. De soin mei Wuascht essen! Do is koa Stäuberl Fett drin! Und deswegn hoaßt die Wuascht Gottfried (gesprochen: Gopfid) Hochreiters Fernsehwurst! Kost amoi!" Die Wurst schmeckte sensationell. Während ich die Köstlichkeit genoss, sah ich mir die Stange Wurst aus der Nähe an. Da war eine Wort-/Bild-Marke drauf, wie ich sie noch nie gesehen hatte: Die Rückansicht einer Couch, auf der man ebenfalls die Rückansicht eines sitzenden Mannes sah. Der Mann schaute zu einem Fernsehapparat, aus dem wiederum ein Mann herausragte und dem Couch-Sitzer eine Wurststange entgegenhielt. In einem Halbkreis darüber geschrieben: „Gottfried Hochreiters" und in einem Halbkreis darunter geschrieben: „Fernsehwurst". Irgendwie schmeckte mir die Wurst nicht mehr. Ich machte einen Rettungsversuch, indem ich ganz vorsichtig die Option einer Markenänderung ansprach. Gopfid war ein Marketingtalent von hohen Graden. Durchdrungen von der gesundheitspolitischen Bedeutung seines Produkts erwog er augenblicklich, die oberösterreichischen Landeskrankenhäuser mit seiner Wurst zu beliefern. Gottfried Hochreiters Diätwurst war geboren und ein

Jahr später gab es sie in allen Landeskrankenhäusern Oberösterreichs.

Gopfid erfand ein paar Jahre später auch noch einen Pizzaschinken. Ein Schinkenblatt, so groß, dass es eine Pizza in einem Stück bedecken konnte. Der damit erhoffte Durchbruch blieb aber leider aus.

Hannah.

Mama! Meine Mama!

Sie ist die beste Mama auf der ganzen großen weiten Welt! Das sagen sicher alle Kinder über Ihre Mamas, aber bei meiner stimmt es wirklich!

Meine Mama hat ein riesengroßes Herz, das sie immer wieder hinter einer recht rauen Schale versteckt. Aber mir kann sie nichts vormachen! Wenn meine Mama einmal jemanden liebt, dann mit einer Kraft und Leidenschaft, da gibt es nichts Größeres. Und mich liebt sie! Was bleibt ihr anderes übrig, ich bin ihr einzige Tochter, aber selbst mit einem ganzen Rudel Kinder würde sie sich zersprageln für ihre Meute.

Mama ist die Liebe in Person. Damit hat sie es nicht immer leicht gehabt, weil so viel Liebe muss man einmal aushalten. Und das im Doppelpack mit einem Selbstbewusstsein, das durch nichts zu erschüttern ist und das sich auch von einer Extra-Dosis Testosteron nicht kleinkriegen lässt. Das hat mein Papa zu spüren bekommen und ein ganzer Verein anderer Männer genauso. Mama hat dann immer einen Spruch zur Hand, den hat sie von Opa und er hat ihn von seiner Oma: „Besser allein, als schlecht begleitet." Und danach richtet sie sich. Stur und kompromisslos.

Sie lässt sich auch in ihrer Liebe durch nichts erschüttern. Mein Opa hat sie, als sie noch ein Mädchen war, zur Präsidentin seines Fan-Clubs gemacht.

Darauf ist sie heute noch stolz und den Titel lässt sie sich auch von niemandem nehmen.

Mama hat schon als ungeborenes Kind für meinen Opa eine ganz wichtige Rolle gespielt.

Ich kenne die Geschichte von vorne bis hinten, weil Opa sie mir immer dann erzählte, wenn ich wieder mal sauer auf sie war. Hannah war noch nicht gezeugt, da hatte Opa eine schwere Salmonellen-Infektion und war deswegen wochenlang im Krankenhaus. Dort haben sie ihn mit ganz viel Chemie vollgepumpt. Als er wieder raus war, haben er und Oma sich sehr über seine wiedergefundene Gesundheit gefreut und vor lauter Freude ist dann meine Mama entstanden. Kaum war meine Oma schwanger, hat ein befreundeter Arzt mit Opa geredet und ihm gesagt: „Sei bitte noch ein bisschen vorsichtig, bevor Du Kinder machst, wer weiß, was die Medikamente angerichtet haben." Zu spät!

Opa hat dann wochenlang mit dieser Nachricht gelebt und wollte die Oma damit nicht erschrecken. Dann hat er´s aber doch mit der Angst zu tun gekriegt, hat mit Oma geredet und die beiden sind zu Omas Frauenarzt marschiert. Der hatte eine Auskunft, die Opa in seiner Paranoia genau gar nicht weitergeholfen hat. Der Arzt hat gesagt: „Mir ist kein Fall bekannt, wo solche Medikamente einen Schaden angerichtet haben." Und Opa dachte: „Ja, ihm nicht, aber weiß…?" Typisch Opa, manchmal konnte er sich Sachen zusammenreimen, die außer ihm niemand so sehen konnte. Da passt einer seiner seltsamen Sprüche ganz gut dazu: „Nicht jeder, der Paranoia hat, wird nicht verfolgt." Also gut. Opa lebt also weiter mit seiner Angst, erzählt aber sofort Oma nichts mehr davon, sie soll doch eine schöne Schwangerschaft haben. Sieben Monate vergehen, Omas Bauch wird immer dicker und eines Tages legt der kleine Onkel Paul seinen Kopf auf den Bauch und sagt: „Komm heraus, ich will spielen!"

Das muss meine Mama gehört haben und sie hat – wie so oft im späteren Leben – auf ihren Bruder gehört und sich entschlossen, rauszukommen. Und zwar – wie es ihre Art ist – rasch und kompromisslos. Am Morgen des 12. September 1995 setzten bei Oma die Wehen ein, Opa und sie fuhren ins Krankenhaus und schon beim Überqueren der Straße zum Eingang konnte Oma fast nicht mehr weiter. Ab in den Kreißsaal, der Arzt ist noch ganz ungläubig, ob es wirklich schon losgehen soll und meine Mama setzt sich durch. Zwei Presswehen und ein zerrissenes Polo-Shirt vom Opa später war sie da. Mit gebrochenem Schlüsselbein, weil sie´s gar so eilig hatte. Und der Opa ist sofort zu seinem Baby und hat nachgesehen, ob alles dran und alles drin ist. Und was da alles an meiner Mama dran ist – das kann man heute noch sehen!

Vor Aufregung hat der Opa beim Nachhause-Fahren noch einen kleinen Auffahrunfall gebaut. Zum Glück war der andere Autofahrer verständnisvoll und der Tag war ein superguter.

Bis die beiden Damen nach Hause konnten, hatten Opa und Onkel Paul ihre erste Männer-WG. Und – so sagt Opa jedenfalls – es war eine gute Zeit. Die beiden waren viel unterwegs und Onkel Paul in seiner Jeans-Latzhose und dem Trinkfläschchen in der Hand hat auf der Kärntnerstraße alle Blicke auf sich gezogen. Nach einer Woche haben die Männer die Frauen abgeholt und Onkel Paul hat gleich eine markige Ansage gemacht: „Du Mama, ich hab eine gute Idee: Du kommst mit und das Baby lassen wir da!" So fing die Streiterei also gleich an.

Mama ist natürlich mitgekommen und hat sich ihren Weg freigemacht in der Familie, in die sie hineingeboren wurde. Und da sieht man aber gleich, was für eine Frau Mama ganz tief drin ist. Sie wirkt nach außen ganz super robust und ganz tief drin in ihr ist ein superzartes Wesen verborgen, das man ganz schlimm verletzen kann, wenn man nicht aufpasst.

Meine Oma wollte nach insgesamt drei Jahren Brei kochen und Windeln wechseln wieder zurück in einen Job und hat halbtags zu arbeiten begonnen. Zu den Kids kam eine Art „Oma", die so breit wie hoch war und Tante Inge hieß. Da war meine Mama ein Jahr alt. Und weil sie halt so lebendig war, hat sie´s gut gepackt. Im Kindergarten war sie dann der große Star, weil sie ein Talent ausgespielt hat, das sie manchmal heute noch zeigt: Sie kann supergut auswendig lernen und hat bei den verschiedenen Kinderspielen einfach alle Texte von allen Kindern auswendig gekonnt.

Mit meinem Opa hat die kleine Hannah sofort einen ganz intensiven Draht gehabt – kein Wunder bei der Vorgeschichte! Und später hat Opa mir erzählt, dass Paul ab und zu recht zornig war, weil er seinen Papa nun so oft teilen musste.

Jetzt sitze ich mit Mama zusammen und wir reden über den Scheps – den Opa, der jetzt nicht mehr redet. Mama sagt, dass es zwischen ihr und Opa immer einen Deal gegeben hat: Dass sie ihm alles sagen kann und er wird ihr zuhören und für sie da sein.

Da hat es einmal eine Situation gegeben, in der Opa wieder mal furchtbar zornig auf Paul gewesen ist und Paul zusammengeschissen hat – so laut und so lange, dass Mama dazwischenging und zu Opa sagte: „Papa, es ist genug, er hat es eh schon verstanden!" Und Opa in seinem Zorn hat dann auch noch Mama angepfiffen und gebrüllt: „Und Du halte Dich da raus!" Dann sind bei Mama die Tränen waagrecht aus den Augen gespritzt und Opa ist endlich aufgewacht und hat sich entschuldigt.

Da ist etwas sichtbar geworden, das ganz typisch ist für das Verhältnis zwischen meiner Mama und dem Scheps. Wahrscheinlich ist die Mama die einzige, von der er sich etwas sagen lässt und sofort reagiert. Das würde der Opa wahrscheinlich nie zugeben, aber in Wirklichkeit ist es so. Bei allen anderen Menschen, die ihm nahestehen, ist er wahrscheinlich auch aufmerksam und reagiert – aber erst, nachdem er es hin und her gewendet hat. Die Mama dringt sofort bis zum Mittelpunkt durch.

Ganz besonders deutlich ist das alles geworden, als Oma und Opa sich trennten. Da hat der Opa bei meiner Mama einen Riesenschock ausgelöst. Er hat es ihr unter vier

Augen gesagt und Mama ist so verletzt gewesen, dass ihr Papa so etwas tun kann, er hat damit ein heiles Bild kaputt gemacht, das meine Mama immer von ihm und von ihren Eltern bis dahin gehabt hat.

Aber typisch Mama: Sie hat kurz darauf ihre Position klar gemacht. Sie hat sich therapeutische Hilfe gewünscht und dass der Opa mindestens einen Abend pro Woche für sie Zeit hat.

Heute sieht meine Mama mit milderen Augen auf die Geschichte von damals, aber eines ist klar: Sie kann da recht hartnäckig sein und so ganz vergessen kann sie diesen Einschnitt nie. Wenn der Scheps nicht so einen Stein im Brett bei ihr hätte ...

Sie lässt über ihn nichts kommen.

Grade, weil sie weiß, dass sie immer die freie Bahn hat, es ihm richtig reinzusagen. Deshalb lässt sie ihn jetzt, wo er nichts mehr redet, auch in Ruhe und ist einfach nur noch lieb zu ihm, weil er ja nicht mehr zurückredet. Und ohne Gegenwind macht das Ganze für Mama keinen Sinn.

So ist sie halt. Sie braucht den Widerstand auf der anderen Seite, weil sonst der Druck, den sie aufbaut, keinen Spaß macht. Daran sind schon ein paar Männer gescheitert. Auch mein Papa, den ich nur von Fotos kenne. Der hat sie mit seiner sanften Art schwer beeindruckt, aber letzten Endes war er doch nur ein Lulu, wie Opa es nennen würde. Mama braucht einen Mann, der weiß, was er will und gleichzeitig ganz sensibel für ihre Bedürfnisse ist. Sowas musst Du einmal finden.

Und wenn Du´s gefunden hast, sollest Du es auch behalten können.

Deshalb ist die Mama auch die meiste Zeit solo. Ab und zu darf ein Mann in ihr Leben. Und der hat es dann eine ziemlich lange Zeit ziemlich gut. Aber wenn er nicht schnallt, dass Mama der wertvollste Mensch auf der ganzen Welt ist und sie entsprechend behandelt, ist er draußen bei der Tür, so schnell kann er gar nicht schauen.

Da hat die Mama auch immer wieder mit dem Opa lange Auseinandersetzungen gehabt. Sie haben all die Jahre ihren Abend pro Woche durchgezogen und da wurden dann immer die Grundlagen des Abendlandes besprochen – so hat Opa es jedenfalls immer beschrieben. Und grade weil der Scheps seine Präsidentin so gut verstehen konnte, grade deshalb hat er ihr ab und zu ins Gewissen geredet, doch ein bissi nachgiebiger zu sein. Er hat eh von Anfang an gewusst, dass er damit auf Granit beißt, aber probieren wollt er´s halt – zwei Dickschädel an einem Tisch.

Und dann hat die Mama ihm immer wieder ins Herz geschaut – seine Präsidentin halt.

Zu Weihnachten hat er von ihr Geschenke gekriegt, die waren so genau nur für ihn ausgesucht, da haben seine Frauen nie an die Mama herangereicht und waren dann auch immer entsprechend eifersüchtig, wie die Präsidentin wieder zugeschlagen hat.

Und jetzt drückt sie ihm halt seine Medikamente rein, als wären es Geschenke, die sie nur für ihn ausgesucht hat und der alte Grantler nimmt sie ohne Mucksen. Die arme

Tango-Oma, was die sich immer an Blicken von ihm einhandelt, wenn sie mit der Pillenschachtel kommt.

Jetzt schaut mich die Mama ganz eindringlich an und sagt: „Weißt Du, Laura-Schatzi, ohne den Scheps hättest Du sicher einen anderen Namen bekommen. Aber ich wusste halt so genau, wie es ihn gewurmt hat, dass es damals mit meinem Namen nicht geklappt hat. Und wer außer mir hat es denn so gut verstanden? Dabei wäre es doch so leicht, mit ihm umzugehen. Man muss ihm nur bei ein paar Kleinigkeiten seinen Willen lassen, dann hast bei den wirklich großen Themen überhaupt keine Schwierigkeiten mit ihm. Sonst kommt er wieder daher und predigt seinen Lieblingssatz: Ich hasse es, im Nachhinein Recht zu haben. Den hab ich mir mit der Zeit erspart, weil ich ihn durchschaut hab. Ganz liebevoll und ein bissi trickreich. Er liebt es, um den Finger gewickelt zu werden, nur draufkommen will er nicht!"

Ganz ehrlich: Ich glaube, meine Mama ist ganz genau so. Aber wehe, man zeigt ihr, dass man sie durchschaut hat!

OO.

Bin heute bei meinem Freund und Kunden Sven Weisbrich in Frankfurt. Er hat als Autodidakt des Oesischen ganz allein das wunderbare Wort „Schneebrunza" gelernt. Es ist immer wieder herzergreifend, wie weit meine Kunden auch ohne Coaching kommen!

Volksschule Linz-Urfahr 1966. Ein uraltes Gemäuer, mein Urgroßvater hat dort schon lesen, schreiben und rechnen gelernt. In den Klassenzimmern stehen noch richtige eiserne Öfen, die mit Kohle beheizt werden. Daneben eine kleine Kammer für die Kohlenvorräte. Unsere Lehrerin sagt uns, dass wir in diese Kammer das Wort „schön" sperren sollen, weil es doch so viele Eigenschaftswörter gibt, die besser beschreibend wirken, als „schön". Zeitsprung. Heute Nachmittag. Eine Fleischhauerei in Wien. Ich bin da drin, weil ich einen kleinen Hunger habe. Eine Semmel mit was drin muss her. Die österreichische Verkäuferin bietet mir an: Bärlauchleberkäse, Hühnerschnitzel oder eine Scheibe vom Spanferkel. „Schmeckt auch sehr lecker." Lecker schmeckt (mir) nicht. Lecker ist unkulinarisch. Ich möchte es in die Kohlenkammer sperren. Bitte Vorschläge für Adjektive, die schmecken. Gerne auch von meinen Freunden nördlich des Weißwurst-Äquators. Und: Ja, ich habe durchaus auch andere Sorgen und wünsche mir, niemals schlimmere, als das „Lecker-Problem" zu haben.

Markus Enzi.

Vor mir sitzt ein alter Grantscherbn. Oder Griesgram, wie es meine Deutsch-Lehrerin korrigieren würde. Mit ihrem roten Kugelschreiber, einer Wellenlinie und dem zornigen Wort „Ausdruck" daneben. Mit Rufzeichen!
Markus Enzi war 11 Jahre lang der berufliche Lebensmensch von Opa.
Sie haben in drei Agenturen zusammen gearbeitet und aus allen drei Agenturen „was gemacht", sagt Markus. Heute ist er 79. Er legt großen Wert auf den Altersunterschied von drei Jahren, der ihn von Opa trennt. Sieht aus, wie ein alter Mafia-Pate. Weiße Haare lang und streng nach hinten gekämmt, um ein doch beachtliches kahles Fleckchen am Hinterkopf zu bedecken. Trägt einen dreiteiligen Anzug aus dickem englischem Stoff, eine präzis gebundene Krawatte und sehr schöne Manschettenknöpfe. Komisch, seine Hände passen irgendwie nicht zu der eleganten Erscheinung. Wirken wie von einem Mechaniker. Raue Fingernägel, an einigen Stellen die Haut leicht geschwärzt. Von Motoröl. Er merkt meine irritierten Blicke, grinst breit und sagt: „Das kommt vom Zangeln. Ab und zu liege ich noch unter einem Oldtimer und richte ihn mir her. Meine Söhne helfen mir dabei – vor allem, dass ich unter dem Schrotthaufen wieder raus komme. Was willst Du denn eigentlich von mir?" „Ich will mit Dir über meinen Opa reden, weil der nicht mehr redet."

„Ja, das kenn ich", sagt Markus. „Wenn er einmal einge-
schnappt ist, redet er nicht. Das geht vorüber." „Nein, das
geht nicht vorüber. Opa hatte einen Schlaganfall!" „Typisch",
sagt Markus, „zu viel geraucht, zu viel ungesundes Zeug
gefressen, zu wenig Sport und ewig das Trara mit den
Weibern. So war er immer." „Na, wie war er denn?"

„Er hat immer geglaubt, er wäre mein Freund. Aber ich
habe keine Freunde. Ich bin kein Freund." Und dann
bestellt sich Markus ein Bier in dem alten Wirtshaus in der
Bäckerstraße, in dem wir uns getroffen haben und lädt
mich auf ein Cola ein – ohne Zucker, ist sonst nicht gut für
die Figur. Und er fängt an, zu erzählen.

Dass er und Opa in Linz aufgewachsen sind. Sogar in der
gleichen Straße. Der Ferihumerstraße. Er auf Hausnummer 36 und der Opa auf 52. Und trotzdem haben sie
sich in Linz nie getroffen. Doch die drei Jahre Altersunterschied – die machen schon was aus.

Erst in Wien, als beide in der Werbung gelandet sind,
haben sich ihre Wege gekreuzt.

Markus war zu der Zeit Texter und der Opa Kundenberater.
Auf irgendeine Art, die Markus auch heute noch nicht
erklären kann, haben sie sich miteinander wohl gefühlt.
Vielleicht – so sagt er – weil der Opa beim Kunden ein bisschen länger für die Ideen vom Markus gekämpft hat, als
andere Kundenberater. Und weil sie ab und zu den gleichen Humor hatten. Die Mühlviertler gespielt hatten.

Die kernigen Typen, der – so sagt Markus – doch nur er
selbst gewesen ist und der Opa in seiner Sensibilität doch

öfter in die Knie gegangen ist, als er. „Deswegen hat der Hannes ja die Welt der Werbung auch nicht durchgestanden. Ich weiß noch genau, einmal nach einem Meeting mit Masterfoods in der BBDO, wo es um ein Katzenfutter ging. Mit noch feinerem Fleischchen – er sagt das mit einem zynischen Unterton – und noch raffinierteren Sößchen – ein zorniges Hüsteln folgt. Da hat der Hannes uns nachher gefragt, wie es uns geht. Ich wusste gar nicht, was er meint, bis er uns einen seiner Vorträge gehalten hat. Über den Hunger in der Welt und dass er diesen Marketingscheiß nicht mehr aushält. Typisch Hannes."

„Hat denn der Opa gar nichts Gutes gehabt?" frage ich.

„Na, jetzt reg Dich doch nicht gleich so auf, Du bist ja ganz wie er! Freilich hat er auch seine guten Seiten gehabt. Er war ein guter Geschäftsführer. Zu gut. Ein Coach, den – ganz typisch! – er aufgerissen hat, hat ihm den Spitznamen ´Humanizer´ gegeben. Mir sind die meisten Leute in den Agenturen fast so sehr am Arsch vorbeigegangen, wie die Kunden. Aber ihm nicht. Im letzten Vollidioten hat er noch einen guten Kern gefunden. Und dann hat er selbst den Blödsinn, den die Trotteln angerichtet haben, wieder in Ordnung gebracht. Ich weiß eh, dass ich da ganz anders bin und ich weiß auch, dass er oft mit meinen eigenen Leuten zusammengesessen ist, nachdem ich sie wieder einmal in den Arsch getreten habe.

Er konnte kämpfen für Sachen, die waren mir längst egal. Und wenn ich dann radikal war, hat ihn dann der Mut verlassen. Manchmal ist er regelrecht irrational geworden

– da hab ich ihn einfach nicht mehr verstanden. Dabei haben wir beide gewusst, dass wir uns gegenseitig brauchen. Und dass die Agenturen von uns abhängig waren. Zu Zeiten der Lintas haben wir Johnson & Johnson betreut. Und da waren wir wieder einmal in Hallein und sind am Abend in Salzburg in einem Lokal zusammengestanden. Da hab ich ihm meine Lieblingsfilme erzählt und er konnte gar nicht genug kriegen davon. Und dann, nach ein paar Bieren, hab ich ihn gefragt: Was glaubst Du, wird passieren, wenn wir beide uns einmal nicht mehr verstehen? Und da hat er – ausnahmsweise – einmal recht gehabt. Er hat gesagt: Dann ist die Agentur im Arsch."

Dann erzählt er mir von einem Opa-Talent, das ich auch ganz genau kenne: Das Pfeifen.

„Der Hannes konnte pfeifen! Da sind wir einmal in die Steiermark zu einem Kunden gefahren, den es längst nicht mehr gibt: Farina Mehl. Und wir reden im Auto, welchen Jingle wir für den Kunden vorschlagen könnten. Und der Hannes – mit seiner Schnulzensammlung im Hirn – fängt an, den alten italienischen Schlager „Marina" zu pfeifen. Mit dem berühmten Akkordeonsolo – zweistimmig! Den Kunden haben wir trotzdem gewonnen. Und zwei Jahre später gab es die Lintas nicht mehr. Nicht, weil wir uns nicht mehr verstanden hätten, sondern weil es eine Fusion geben musste mit einer anderen Network-Agentur. Ich weiß noch, dass er die Fusion zuerst wollte. Dann haben wir uns mit den österreichischen Leuten der Gegenseite getroffen und die haben uns behandelt, wie den letzten

Dreck. Danach waren wir uns einig: Mit diesen Leuten wollen wir nicht zusammengehen. Und dann hat der Hannes angefangen, seine Beziehungen spielen zu lassen. Auch sowas: Seine Beziehungen.

Ich bin da überhaupt nicht der Richtige dafür. Aber er musste ja unbedingt zu den Freimaurern, zu den Rotarieren und wer weiß, wo sonst noch hingehen. Was hat´s uns geschäftlich genützt? Gar nichts! Zur Zeit dieser Fusion hat er aber alle möglichen Leute getroffen, die Interesse an uns und unseren Kunden hatten. DAS hat mir gefallen. Und dann:

Du glaubst es nicht. Irgendwann ist bei ihm der Faden gerissen und er hat einen – zugegeben -sehr guten Deal für den Verkauf unserer Anteile gemacht. Mit der Gegenseite! Und noch ärger: Auf einmal sagt er mir, er geht da mit! Na so blöd war ich nie! Ich hatte schon länger meine Verhandlungen mit der BBDO laufen und einen fertigen Vertrag. Was macht Dein Opa? Er geht – völlig idiotisch! – in die fusionierte Agentur mit, nur um sich dort eine Enttäuschung nach der anderen zu holen. So war er: Er konnte noch ein Pferd reiten, das schon tot am Boden lag."

Während Markus so redet, kriegt er einen ganz roten Kopf und eine kleine Schweißperle läuft seine Backe runter. Vielleicht ist er doch zu warm angezogen. Und er bestellt sich ein noch ein Bier. Und fängt wieder an, zu reden.

„Und weißt Du, was das Ärgste war? Die Typen von der BBDO fragen auch ihn, ob er nicht doch mit mir weiterarbeiten will! Diese Trotteln! Mir war das überhaupt nicht recht, denn ich wollte endlich selber die Agentur führen. Bis klar war, dass an ihm kein Weg vorbeiführt. Dann sind wir gemeinsam nach London geflogen und der Hannes hat einen wirklich guten Auftritt beim Europachef gehabt. Das konnte er, charmant, eloquent und sachlich richtig.

Aber er war trotzdem nicht mehr der Alte. Diese Lintas-Geschichte. Der hat er nachgetrauert. Sogar noch im ersten Jahr in der BBDO. Wenn ich ihn da nicht immer wieder herausgerissen hätte aus seiner Trauerarbeit, da hat er mir einiges zu verdanken."

Das Bier ist zur Hälfte getrunken und Markus ist wieder ruhiger. „Na ja, dann hatten wir noch insgesamt vier recht gute Jahre. Aber den wirklichen Durchbruch haben wir nicht mehr geschafft. Jedenfalls aus meiner Sicht nicht. Er war da ja immer viel positiver. Ich höre ihn noch heute, wie er mir vorgerechnet hat: 12 neue Kunden, über 40 große Kreativ-Auszeichnungen, unter den Top Ten der österreichischen Agenturen. Aber sind wir damit reich geworden?" Und dann werden seine Augen eisig und er redet weiter. „Wir haben uns auch menschlich nicht mehr verstanden. Das letzte angenehme Erlebnis mit ihm aus dieser Zeit war bei meiner Hochzeit. Da hat er mir einen Cello-Spieler organisiert – so ein Freimaurer-Freund halt – und der hat in der Kirche gespielt. Und er hat eine Rede gehalten. Eine typische Hannes-Rede – alle haben gelacht und mein Vater war ganz hingerissen von ihm. Aber sonst hatten wir nicht mehr viel zu lachen miteinander. Wir sind uns gegenseitig nur auf die Nerven gegangen. Ich bin halt auch ein Zyniker, das wusste er ganz genau, aber ich glaube, er war innerlich schon wo anders. Dann hat er mit mir und Angelika – unserer Partnerin in der Geschäftsführung – eines Tages geredet und gemeint, er will nicht mehr. Und dass wir ihm nichts in den Weg legen sollen. Zuerst war ich erleichtert, weil er mir schon so auf die Nerven gegangen ist. Macht er das eigentlich heute auch noch mit seinen Bügelfalten bei der Anzughose?" „Ich kenne Opa gar nicht mit Anzug, was meinst Du denn?"

„Na, immer wenn er ein Bein über das andere geschlagen hat, hat er ganz pingelig darauf geachtet, dass es ihm die Bügelfalte bei der Anzughose nicht zernudelt. Ich bin jedes mal aus der Haut gefahren, wenn ich das gesehen habe!"

„Na dann warst Du sicher froh, wie er dann endlich weg war!" „Ehrlich gestanden: Ja! Aber wir haben kein Glück gehabt mit seinem Nachfolger. Was wieder nur beweist: Es kommt nichts Besseres nach! Ich habs dann noch ein Jahr mit dem Anderen probiert, aber dann bin ich auch weg und hab was ganz Neues gemacht: Eine Agentur ohne Kundenberater. Und der Hannes und ich haben uns wieder halbwegs zusammengerauft. Als Coach dürfte er ja recht gut gewesen sein. Passt ja auch viel besser zu ihm, das „Menschliche" – na für mich wäre das nichts gewesen. Ober, ein kleines Bier geht noch!"

OO.

Atemberaubende Lektüre im aktuellen „Horizont". Da erzählt der strahlende Gewinner des Pitchs um den Etat von Hartl-Haus, welche subtilen Überlegungen hinter dem neuen bahnbrechenden Slogan „Applaus, Applaus, ein Hartl Haus" stehen. Zitat: Ein Slogan, der sich sowohl im Radio als auch im Fernsehen optimal umsetzen lässt und auch garantiert binnen kürzester Zeit in der Zielgruppe verankert sein wird. Der Slogan appelliert an den Besitzerstolz und ist als Ganzes ein Ausdruck der Anerkennung. Er steht für Wertschätzung, Qualität, Zustimmung, Zufriedenheit sowie für Zuverlässigkeit. Er ist im Sprachgebrauch tief verankert, enthält den Markennamen und benutzt die Macht des Reimes: Applaus, Applaus, ein Hartl Haus." Ah jaaa. Und wie wär's mit der Feststellung, dass es sich bei diesem Slogan um einen durchaus recht schlichten Kalauer handelt? Diesen meinen Verdacht zerstreut (oder bestätigt?) der Geschäftsführer von Hartl Haus mit folgendem Hinweis: Simpel ist gut. Wir haben unsere Spots in den vergangenen Jahren viel zu kompliziert angelegt und glauben deswegen, mit dem neuen Auftritt wieder einprägsamer zu sein. Zitat Ende. Kann ich mir sehr gut vorstellen. „In einem schönen Gartl, da steht ein Haus von Hartl" ist ja auch wirklich nur was für Maturanten.

Vor 32 Jahren hab ich als Rookie in der damals größten österreichischen PR-Agentur einen Pressetext zur Einführung des Hamburger Royal TS geschrieben (15 Zeilen à 28 Anschläge). Diese Mühe darf nicht vergeblich gewesen sein!

1983. Mein erster fixer Job nach Abschluss des Studiums. In der damals größten PR-Agentur Österreichs. Eine wirkliche Chance: Die haben tatsächlich Hochschul-Absolventen zum Ausbilden gesucht. Und jedenfalls keine Praktikanten-Gehälter gezahlt, sondern einen fairen Start ermöglicht. Die Ausbildung war durchaus praxisnah. Ich bin in jedes nur denkbare kalte Wasser geschmissen worden. Und immer wieder rausgefischt worden. In diesem Jahr wurden die „Marlboro light"-Zigaretten in Österreich eingeführt. Und wir hatten den Auftrag, dieses epochale Ereignis gebührend zu begleiten. Dazu gehörte, dass die damalige amerikanische Botschafterin in Österreich – Helene von Damm (eine gebürtige Österreicherin) – eine Friedenspfeife der amerikanischen Ureinwohner an das österreichische Tabakmuseum übergeben sollte.

Zu diesem Behufe war ein Samtkissen vonnöten, auf dem das wertvolle Stück ruhen sollte. Und meine nervenzerfetzende Aufgabe bestand darin, genau dieses Kissen zu organisieren. Eine Fülle von Fragen musste geklärt werden: Größe der Friedenspfeife (Telefonat mit der amerikanischen Botschaft), Klärung des Kissen-Formats (Entscheid auf rechteckig nach Rücksprache mit meinem Chef), Kauf des Kissens (3 Fehlversuche), Klärung von Material und Farbe des Überzugs (Samt, sandfarben - auf Wunsch der Botschafterin), Kauf des Samt-Stoffs und Transport desselben zu einem Schneider zwecks Anfertigung des Überzugs. Abholung des Exponats und letzter Check mit meinem Chef. Wohlwollen. Transport ins Tabakmuseum. Fiebriges Erwarten der Botschafterin, die schließlich mit Entourage erscheint und einen verächtlichen Blick auf das

Kissen wirft: Nein, das hätte sie sich anders vorgstellt, sie würde die Friedenspfeife doch lieber direkt aus der huldreichen Hand übergeben. Ich bin dann während der ganzen Zeremonie auf „meinem" Kissen gesessen.

Wenn der Wurm drin ist, ist er drin. *1985. Young & Rubicam. Luigi Schober kommt in mein Zimmer. „Oida, host die Power?" Ohne meine Antwort abzuwarten, folgt die zweite Frage: „Hot dei Frau a Foto von dia?" (Sie hatte) „Sog ia, sie sois daham aufs Nochtkastl stölln, sie wird di jetz drei Wochen laung ned segn." Der Bizzard-Pitch. Luigi und ich fahren zum Briefing nach Mittersill. Grenzkontrollen beim deutschen Eck. Jedes Mal Fahndungscomputer, weil zwei Typen mit Dreitagesbärten ausschauen, wie Terroristen. Die Arbeit geht los. Es geht gut. Gute Ideen, sehr schöne Umsetzungen. Der Mann unserer Media-Chefin (Amerikaner mit einer tollen Stimme) textet und singt einen Jingle auf Basis von „One" aus Chorus Line. Die Nacht vor der Abreise zur Präse. Wie immer wird doch alles später fertig, als geplant. Um 3 Uhr Früh beginnt sich der Pappenkoffer zu füllen. Mit echten Unikaten. Keine Computergrafik, sondern händisch gestaltete Layouts mit Colorkeys. Die Grafikerin tänzelt in den Raum. In der Hand eine frisch gefüllte Tasse Milchkaffee. Eine Teppichfalte... Physikalisch bemerkenswert gelingt es, den gesamten Tassen-Inhalt so in den Pappenkoffer zu schütten, dass wirklich jede einzelne Pappe versaut ist. Auftritt Art Director. Roter Kopf. Stumme Wut. Das ganze Team repariert mit Schwamm und Wettex die Verwüstung. Jahre später werde ich große Verwunderung ernten, als ebenfalls* um 3 Uhr Früh der Hund einer Texterin an einem sich füllenden Pappenkoffer schnuppert und ich schreie: „Tuats den Hund weg, bevor er's Haxel hebt!"

Anreise nach Mittersill. Am Vorabend. Letzte Checks. Wir haben eigens ein wattiertes Gilet dabei mit Lautsprecher-Auslässen. Daran ist ein Walkman angeschlossen, über den wie von Zauberhand der Jingle abgespielt werden soll. Ich bin dafür ausersehen. Vor dem Schlafen gehen Check, Recheck, Double Check. Alles funktioniert. Die Präse. Wir werden vom Senior-chef des Hauses herzlich begrüßt: „I woaß ehrlich gsogt ned, warum ia do seids. Mia hom eh a Agentur." So aufgemuntert, zeigen wir die ersten Charts. Irgendwie geht's. Dass die Pappen nach Kaffee riechen, merkt man nur aus der Nähe. Ich ziehe mir das Gilet an, habe den Daumen auf Play. Mein Stichwort kommt. Ich drücke. Nichts. ... Nichts. Sehr peinlich. Später sollte sich herausstellen, dass Luigi nächtens eine frische Batterie für sein Diktiergerät brauchte und sich beim Walkman versorgt hatte. Und jetzt hob i ka Power. Beim Mittagessen kommt der Seniorchef vorbei. Er hat für jeden von uns ein Hinterglasbild dabei. „Damit's ned gaunz umasunst kemmen seids."

Es gab Zeiten, da waren die ÖBB noch nicht so modern und strukturiert wie heute. Zum Beispiel 1988, als sie in der GGK mein Kunde waren. Da haben wir uns recht gefreut, als wir die Texte für die Inserate nicht mehr per Fernschreiber schicken mussten, sondern schon faxen durften. Und da hatten die Produktentwickler bei der Bahn eine ganz tolle Idee für ein ganz tolles Sonderangebot. Das war ungefähr so: Wer an einem

Mittwoch Bahn fährt, Karl heißt, zwischen 43 und 67 Jahre alt ist und keinen Papagei hat, kriegt 7,5 Prozent Rabatt. Ganz aufregend. Mein Partner in der Kreation war der legendäre Walther Salvenmoser, DIE Lichtgestalt im social advertising der letzten Jahrzehnte. Walther und ich saßen zusammen und waren verzweifelt. Keine Idee. Gähnende Leere. Der Tag ging zur Neige und schließlich übermannt mich die Verzweiflung. Ich sage: „Ich hab jetzt die Headline. Schreib auf: Kisuaheli neumyx balomredu dakai." Und Walther sagt: „Genau!" Es erschien dann eine ganzseitige Anzeige in der Kronen Zeitung mit genau dieser Headline und einem Text, in dem die Agentur mitteilte, von dem Wahnsinnsprodukt so begeistert zu sein, dass man gleich mit der ÖBB verreist sei und für eine Überschrift leider keine Zeit mehr geblieben sei. Am Tag der Erscheinung flog um 7.45 die Tür meines Zimmers in der Agentur auf und ein zornesroter Hans Schmid bedrohte mich mit Kündigung, wenn ich sowas noch einmal machen würde. („Eine GGK hat IMMER eine Headline!"). Eine Stunde später rief mich der Kunde an. Auf den Bahnhöfen würden sich unbeschreibliche Szenen abspielen. Die Leute stünden Schlange an den Schaltern. Sie wüssten zwar nicht, was das Produkt sei, aber sie wollten es haben.

„Search all the parks in all the cities, you'll find no statues of commitees." (David Ogilvy) Diese ewig gültige Erkenntnis des Großmeisters fand ihre passgenaue Entsprechung im Unterholz der österreichischen Werbung in den 90er Jahren. Ogilvy 1992. Wir betreuen den damaligen Agentur-Wanderpokal SCS

(Shopping City Süd), das damals größte Einkaufszentrum Europas. Das Briefing lautete: Bringen Sie uns kaufkräftigere Kunden, Umsatz schlägt Frequenz. Gesagt, getan. Unter Einsatz aller Ressourcen - inkl. mir selbst als Sprecher im Tonstudio - entsteht eine sogar preisgekrönte Kampagne, die den Umsatz bereits im ersten Quartal um mehr als 10 Prozent nach oben pusht. Trotzdem Krise. Antreten vor dem Werbebeirat, in dem ein repräsentatives Dutzend aller Geschäftsleute in der SCS vertreten ist. Unmut. Die Kampagne hätte zwar die Kassen klingeln lassen, aber die Laufkundschaft wäre weggeblieben und dem Verkaufspersonal wäre in den schwach frequentierten Geschäften fad. Also alles anders herum. Masse statt Klasse lautet der neue Auftrag. Da meldet sich die Eigentümerin eines Shops zu Wort. Sie verkauft aromatisierten Kaffee, der nach Vanille, Heidelbeeren, Ananas und anderen exotischen Gerüchen duftet. Sie meint: „Also, ich bin überhaupt gegen diese ganze Reklame. Dann kommen wieder so viele Leut und dann hamma wieder keine Parkplätz." Da ist natürlich was dran ...

1993. Ogilvy & Mather Wien. Shell einer der größten Kunden und das Wiener Ogilvy Büro unter internationaler Beobachtung. Als ich 32 war, hat ein Kunde zu mir gesagt, es könnte schon sein, dass ich recht habe, aber er würde dieselbe Botschaft lieber von einem seniorigen Menschen hören. Nun bin ich 35, habe ein paar vereinzelte graue Haare und der legendäre Ogilvy-Österreich-Chef gibt mir seinen Staatskunden mit der Bemerkung: Die brauchen einen seniorigen Berater. An meiner

Seite die wunderbare Barbara Kuttnig (damals noch Drbu-schek, was ihr den herrlichen Nickname Dr. Buschek eintrug). Das Kreativ-Team ist so großartig besetzt, besser geht´s gar nicht. Der Texter ist niemand Geringerer als Dr. Wolf Haas, der uns seit Jahren mit seinen Bestsellern um den Brenner und natürlich auch mit anderen literarischen Köstlichkeiten verwöhnt (Das Wetter vor 15 Jahren oder Die Verteidigung der Missionars-Stellung). Ich würde ganz viel darum geben, heute die Skripts besitzen zu dürfen, die Wolf für seine Kunden geschrieben hat. Bei Shell hat er beispielsweise den Protago-nisten in den TV-Spots immer Namen gegeben, die später in seinen Büchern aufgetaucht sind. So auch beim Spot für den Shell-Winter-Diesel, der leider nie das Licht der Öffentlichkeit erblicken durfte. Es geht bei dem wunderbaren Produkt der Shell-Forschung um einen Diesel, der auch bei tiefsten Tempera-turen anspringt. Wolf Haas hat daraus die Geschichte eines Schneepflugfahrers gemacht, der morgens sein Monstergerät besteigt, um am Arlberg die Straße von den Schneemassen zu räumen. Das sehen die Eigentümer vieler am Straßenrand geparkter Autos und wollen verhindern, dass der Schneepflug ihre Autos zuschüttet. Wie beim Le Mans-Start sprinten sie zu ihren Fahrzeugen, die leider nicht anspringen. Nur der Fahrer, der klugerweise sein Auto mit dem Shell Winter Diesel betankt hatte, kriegt den Motor zum Laufen, kann ausparken und sein Allerheiligstes retten. So weit, so einfach. Im Skript steht: „Der Schneepflugfahrer Karl Wörgötter macht sich auf den Weg zu seinem Schneepflug....“ Schon in der agentur-internen Abstim-mung hatte ich ein flaues Gefühl wegen dieser Namens-

Nennung, würde sie doch einerseits im realen Spot keine Rolle spielen, andererseits dem recht fantasielosen Shell-Werbeleiter einen blutigen Knochen hinwerfen, in den er sich verbeißen könnte. Ich halte die Klappe, will meinen lieben Wolf nicht vergraulen und gehe rüber zu Shell (die waren damals wirklich auf der anderen Straßenseite). Präsentiere den Spot wie eine Sportreportage und harre atemlos des Kommentars des Werbeleiters. „Warum muass der komische Raupenfohra so an komischen Namen ham?" Jo eh ...

1990. Ein Affe hat mich gebissen und mich vom Flagg-Schiff der österreichischen Agentur-Armada namens GGK auf das Kanonenboot BZW gelockt. Dort begegnete mir einer der liebenswürdigsten UND kreativsten Menschen, die ich je kennenlernen durfte: Fritz Ziehaus, das Z von BZW. Mit Fritz hat Werbung machen wirklich Spaß gemacht. In jeder Hinsicht. An manchen Abenden verließ ich die Agentur mit Bauchschmerzen, weil ich tagsüber so viel zu Lachen hatte. Fritz und ich hatten ein paar sehr anspruchsvolle Kunden. Unter anderem die Wiener Messe und die Kleine Zeitung. Bei der Messe gab es eine besonders strenge Marketing-Chefin, Frau H. Sie war unerbittlich in ihren Wünschen und Bedürfnissen und Termine mussten Termine sein und bleiben. Am liebsten ließ sie mich an Freitagen mit allerlei neuen Layouts antreten. Nach vollbrachter strenger Folter meiner Wenigkeit pflegte sie zur Sommerzeit ins Freibad zu entschwinden. Ins selbe Freibad, wo auch Fritz die schwere Nacht von Donnerstag auf Freitag auszukurieren geruhte. Nicht immer, ohne von der durchaus beeindruckenden

Oberweite Frau Hs erschreckt zu werden, die mit Vorliebe vor ihm aus den Fluten des Pools aufzutauchen beliebte. Ja, die Donnerstag Abende ... Fritz ging halt so gern am Donnerstag Abend ins damalige Branchenmekka „Salzamt", von wo er meist erst am späteren Freitag Vormittag in die Agentur zurückkehrte. Wenn ich bis Donnerstag Torschluss meine Layouts für die Messe nicht hatte, schwebte ich für Freitag in großer Gefahr. So hatte mir Fritz eines Donnerstags hoch und heilig versprochen, ich würde am Freitag um 9.00 einen säuberlich sortierten Stapel Pappen auf meinem Schreibtisch vorfinden. Der Tisch war (natürlich) leer. Suche bei Fritzens Tisch. Nichts. Große Not. Schließlich die Idee. Anruf bei Frau H: Liebe Frau H, Sie werden es mir nicht glauben, aber heute ist etwas ganz Schreckliches passiert. Wir haben heute zwei Präsentationen, eine bei Ihnen und eine bei der Kleinen Zeitung in Graz. Und während wir jetzt telefonieren, fährt mein Chef mit dem Pappenkoffer nach Graz, wo IHRE Layouts drin sind und ich sitze hier mit dem Koffer für die Kleine Zeitung! Frau H. reagiert sofort: Du meine Güte, wir müssen den ÖAMTC anrufen, dass die die richtigen Pappen nach Graz bringen, meine Sachen können wir uns gerne nächsten Freitag anschaun! Während dieses Telefonats saß meine spätere zweite Ehefrau neben mir und hatte schlimme Zweifel ob der Ernsthaftigkeit meiner BeziehungsAbsichten. 20 Jahre waren wir dann doch verheiratet...

Nächster Freitag: Kein Fritz, keine Pappen, keine Idee. Nichts. Ich rufe Frau H an. Liebe Frau H, ich kann unseren Termin nicht wahrnehmen, ich habe nichts herzuzeigen. Frau H: Das ist mir wurscht, ich verlange, dass Sie zu mir kommen, ich will

Sie von Angesicht zu Angesicht zusammenscheißen... Ich bestelle mir ein Taxi und warte vor dem Agentureingang. Da biegt Fritz ums Eck. Hannussen (er nannte mich gerne so), was machst Du da? Fritz sah sehr mitgenommen aus und war olfaktorisch nicht ganz auf der Höhe. Ich habe ihn ins Taxi zu mir gesteckt und genötigt, mit mir zu Frau H. zum Rapport zu fahren. Bei seinem Anblick gingen alle mütterlichen Emotionen mit Frau H durch und der arme Fritz wurde erst einmal mit Kamillentee gelabt. Aus Dankbarkeit hat er dann mit seiner Mont Blanc Meisterstück ein Layout gezeichnet. Auf die Rückseite der Rechnung des Etablissements, das er erst vor einer Stunde verlassen hatte.

Die Oma. Die richtige Oma.

Ich sitze im Zug. Nach Salzburg. Es geht unglaublich schnell. In weniger als eineinhalb Stunden werde ich da sein. Oma wird mich abholen. Sie wohnt seit ein paar Jahren dort, ungefähr seit ich mit der Volksschule fertig war.

Da ist die Oma nach Salzburg „ausgewandert", wie sie es mir damals erklärte.

Jetzt wohnt sie dort in einem großen Haus, ein bissi außerhalb der Stadt, rundherum sind Wiesen. Das Haus hat einen Balkon aus Holz und auf dem Balkon hat sie einige Blumenkisterln bepflanzt. Oma kennt sich mit Pflanzen supergut aus – das hat sie von ihrem Vati gelernt, meinem Uropa. Der ist richtig alt geworden, fast 100 Jahre und war ein großer Gartenfreund. Von Februar bis November ist er jedes Jahr in seinem Garten gewesen, war ständig an der frischen Luft und am Ende seines Lebens hat er mit den Pflanzen mehr geredet, als mit seiner Frau – meiner Uroma, die fast genauso alt geworden ist, wie er.

Jedenfalls hat der Uropa meiner Oma eine Menge über Pflanzen beigebracht und die Oma hat sich einen richtigen grünen Daumen zugelegt.

Hinter dem Haus ist ein großer Garten mit Obstbäumen, die jedes Jahr Tonnen von Früchten tragen. Marillen, Weichseln, Zwetschken, Ribisel, Himbeeren (ja eh, ich weiß, dass die Ribisel und die Himbeeren nicht auf

Bäumen wachsen – bin zwar ein Stadtkind, aber so weit kenn ich mich aus!). Und die Oma macht die köstlichsten Marmeladen und Obstkuchen, die man sich vorstellen kann – das wiederum hat sie von meiner Uroma, die solange sie lebte, die Riesenfamilie immer mit Lastwagenladungen von Marmelade und Kuchen versorgt hat.

Uijegerl, ich glaube, ich verliere den Faden. Also: die Oma wohnt in Salzburg, soviel steht fest. Und sie wohnt dort mit ihrer großen Liebe, einem freundlichen älteren Herren, den sie schon uuuurlange kennt. Wir nennen ihn alle den Salzburg-Opa.

Auf den hat die Oma gaaanz laaange gewartet. Sie kennt ihn schon so viele Jahre und hat ihn geliebt – seit ich denken kann, gibt es für uns Enkelkinder den Salzburg-Opa – und für die Oma noch viiiieeel länger. Der Salzburg-Opa war verheiratet, hat Kinder und ist eine Ewigkeit bei seiner Familie geblieben. Gleichzeitig haben die Oma und er sich geliebt und versucht, die lange Warterei irgendwie gut über die Runden zu kriegen. Auf einmal war der Salzburg-Opa dann frei und zack, haben die Oma und er geheiratet. Das ist typisch für die Oma – sie hat einen Geduldsfaden, mit dem kannst Du die Erdkugel drei Mal einwickeln. Und jetzt ist sie in Salzburg. Hat – endlich – wieder ein Haus und man sieht ihr an, wie glücklich sie ist. Da steht sie am Bahnsteig, ist gertenschlank und für ihr Alter ganz schön peppig angezogen. Weil der Salzburg-Opa das so mag, färbt sie sich die Haare immer noch – ein kleiner Rotstich ist drin, der in der Sonne so toll leuchtet.

Ich kriege eines der typischen Oma-Bussis, bei dem sie mich ganz fest umarmt und dann immer prüfend mein Gesicht mustert – ich glaube, das macht sie wegen der Mama, die in meinem Alter öfter einmal die Haarfarbe gewechselt hat und auch sonst allerlei mit ihrem hübschen Gesicht aufgeführt hat.

Die Oma hat noch immer einen schnellen Schritt, da muss man aufpassen, dass man sie in dem Gewühl am Bahnhof nicht verliert. Sie bringt mich zu einem kleinen Cabrio – ich glaube, es ist eine italienische Marke – und weg sind wir. Und schon geht´s los:

„Weißt Du, mein Baby, ich freu mich ja immer, wenn Du mich besuchen kommst, aber dieses Mal wusste ich nicht so recht, ob ich Dir Deinen Wunsch erfüllen will. Der Opa und ich sind schon so lange getrennt, wenn es den Paul und die Hannah und die Enkerl nicht gäbe, hätte ich ihn wohl ganz aus meinem Leben gestrichen. Vor vielen Jahren hab ich ihn sehr geliebt, aber spätestens nach unserer Scheidung haben wir einen großen Abstand zueinander gesucht und auch gefunden. Und irgendwie ist das auch gut so. Aber wir haben unser Versprechen, das wir Deinem Onkel Paul gegeben haben, eingehalten und als Eltern waren wir lange Zeit noch auf einer Schiene. Aber sonst ..."

Da frage ich: „Sag einmal, Oma, in was hast Du Dich denn dann verliebt, als Du den Opa kennengelernt hast?" Da wird die Oma nachdenklich und ein kleiner bitterer Zug geht um ihren Mund. Sie denkt ein bissi nach und irgendwie glaube ich, sie will Zeit gewinnen. Und jetzt weiß ich auch, warum. Wir sind beim Haus angekommen, die Oma stellt den Motor ab, mach das Auto-Dach zu und wir gehen rein. Eh klar: Am Esstisch hat sie schon eine Jause hergerichtet und mit einem kleinen kritischen Blick erfüllt sie meinen Wunsch nach einem doppelten Espresso. Dass ich jetzt für mein Leben gern zum Kaffee eine geraucht hätte, verkneif ich mir, um die Stimmung nicht zu ruinieren. Also jetzt steht der Kaffee da, auf dem Teller grinst mich ein Marillenstrudel an und mit halb vollem Mund frage ich noch einmal:

„In was hast Du Dich beim Opa verliebt, Omili?" Jetzt entkommt sie mir nicht mehr.

Ich merke, dass sich die Oma auch unglaublich gern eine Zigarette anzünden würde, so sehr fixiert ihr Blick das Päckchen, das auf dem Couchtisch liegt. Und – das gibt´s ja gar nicht! – sie steht auf, holt die Zigaretten, einen Aschenbecher und ein Feuerzeug, stupst zwei Zigaretten aus der Packung und sagt: „Willst auch eine – bin zwar Deine Oma, aber nicht blöd!" Und jetzt – endlich – rückt sie mit der Antwort raus. „Ich sag Dir was: Nicht ich hab mich in Deinen Opa verliebt, sondern zuerst einmal er in mich. So richtig auf den ersten Blick.

Das war an seinem ersten Arbeitstag in der GGK, die damals die beste und größte Werbeagentur in Österreich war. Da ist er die Stiegen rauf- und ich runtergegangen und ich kann mich noch an seine weit offenen Augen erinnern – damals hatte er noch nicht diese unglaublichen Schlupflider, wo Du später immer glauben musstest, er schläft mit offenen Augen. Damals war der Opa noch mit seiner ersten Frau verheiratet und Deine Tante Lisa erst ein halbes Jahr alt.

Dann wurde er mein Chef. Und ich habe seine Art sehr gemocht. Er war gescheit, hatte Humor, konnte die Kunden mit Charme und Hartnäckigkeit betreuen und – das konnte er besser, als alle anderen – er hatte ein unglaubliches Talent, wie er mit seinen Mitarbeitern und den Kreativen umgehen konnte. Da war ich immer noch nicht in ihn verliebt – auch, weil ich selber noch in einer Beziehung steckte.

Und dann hat er die Agentur gewechselt und mich mitgenommen und alle dort haben geglaubt, wir hätten was miteinander. Und jetzt sag ich Dir was: Wenn ich überhaupt verliebt war, dann in dem Moment, wo er so richtig schwach war. Kurz nach seiner Scheidung, vor der wir alle ihn wochenlang durch die Jobs getragen haben, weil er keinen Überblick mehr hatte. Und genau in der Phase sagt er mir, dass er mich liebt.

Da hat er mich erwischt. So, wie er mich immer erwischt hat, wenn es ihm schlecht ging.

Da hab ich so ein Gefühl aus Mitleid und Solidarität gespürt – und aus dem ist dann ein wirklich liebevolles Teamwork entstanden. Und in den Jahren unserer Ehe gab es dann sehr viele Momente, die hätte ich auch gar nicht ohne ihn verbringen wollen. Unsere Reisen waren traumhaft schön, die vielen Erlebnisse im Zusammenhang mit seinem Beruf – nach New York sind wir einmal geflogen, nur weil er einen Preis gewonnen hat. Seine Freunde sind tolle Typen und sogar meine Freunde hat er so beeindruckt, dass sie irgendwann einmal eher seine als meine waren.

Er war auch ein ziemlich guter Vater, auch wenn ich im Nachhinein glaube, er war doch ein rechter Patriarch. Fast nach Gutsherrenart hat er die Familie dirigiert und bis heute hat er nicht geschnallt, was mein Beitrag gewesen ist – zumindest gibt er´s nicht zu."

Die Oma hat sich schon die dritte Zigarette angezündet und auf ihrer Stirn sind kleine rote Flecken – ich glaube, sie regt sich grade ziemlich auf.

Und schon legt sie noch eine Schaufel nach: „Und weißt Du, was mich am meisten aufregt? Sein ewiges Gejammer, dass ich als Frau nicht für ihn da war, die Geschichten mit erotischer Diät und dass er als Mann nicht auf seine Rechnung gekommen ist. Ja, mag schon sein! Aber Krankenschwestern haben keinen Sex mit ihren Patienten – und er war so verdammt lange ein Patient. Und als er dann aus der Werbeagentur aussteigen wollte – ausgerechnet nach einem Krankenhaus-Aufenthalt – da wars mir zu viel. Das hat er sich viel zu leicht vorgestellt: Wir alle sollten wieder einmal mitspielen bei seinen Kapriolen und ich hatte einfach nur große Angst, dass sich dieses Coach-Abenteuer nicht ausgeht.

Und was soll ich Dir sagen?

Nach acht Jahren Selbstständigkeit mussten wir das Haus verkaufen – so hab ich mir das alles wirklich nicht vorgestellt. Der Herr „Humanizer" hat sich sein Hobby finanziert und dabei meine Altersvorsorge ruiniert. Ja, ich weiß – seine eigene auch – aber wie komm ich dazu?"

Wow, die Oma gibt Gas und auch wenn ich von Opa eine ganz andere Version dieser Geschichte kenne: Eines muss man der Oma lassen – sie hat nach wie vor Pfeffer im Hintern.

Und es geht weiter: „Und jetzt, Schatzi, sag ich Dir noch was: Ja, ich war lange gegen die Scheidung, aber heute bin ich sehr froh darüber. Dein Opa und ich hatten gute Jahre, wir haben Euch, aber meine besten Jahre hatte ich nach ihm und ohne ihn. Sogar die vielen Jahre, die ich auf den Salzburg-Opa gewartet habe, waren es wert. Du weißt eh, was für ein Dickschädel ich sein kann und mit der gleichen Ausdauer, mit der ich darauf gewartet habe, dass aus Deinem Opa und mir ein Ehepaar wird, wie ich mir das immer gewünscht habe, mit der gleichen Ausdauer hab ich auf den Mann meines Lebens gewartet. Und: Es hat sich ausgezahlt. Dass der Opa jetzt im Rollstuhl sitzt, hab ich ihm wirklich nicht gewünscht. Aber wenigstens muss er jetzt einmal leiser treten. Und bevor Du jetzt ganz erschrocken bist: Ja, ich habe seine Großzügigkeit geliebt und seinen Humor und ich habe wirklich viel mit ihm gelacht. Und ja: Er ist ein guter Mensch, aber eben nicht der richtige für mich. Dass er das früher kapiert hat, als ich, ist fast sein bester Witz."

○○.

Der homo (angeblich) sapiens im Flugzeug. *Beim Einsteigen: Langsames und sorgfältiges Verstauen des Handgepäcks im Gepäckfach. Dabei umfangreiches Ausprobieren der idealen Gemengelage inkl. Zurechtrücken von Jacken und Mänteln. Vollständiges Ignorieren des inzwischen bis zur Gangway ange-wachsenen Staus anderer Passagiere. Die Flugbegleiter schließen sich dieser Ignoranz dankbar an. Im Falle von Reisegruppen (Urlauber, Schlachtenbummler u.ä.) kommt es zu einer Häufung von Kampfhumor, möglichst auf Kosten weiblicher Flugbegleiter (Heast Schatzi, tuast du mi eh Mund zu Mund-Beatmen, wenn da Druck obfoit?). Im Falle von Business-Reisenden (mindestens zu zweit) werden bereits bei der Sitzplatzsuche weithin hörbar die aktuellen Excel-Charts auswendig aufgesagt, um allen anderen Business-Reisenden und den Urlaubs-Pfeifen klar und deutlich zu signalisieren, wer den Längeren hat.*

Beim Hinsetzen spielen sich herzzerreissende Szenen von Sartreschem Existenzialismus ab (der Mensch ist in seine Existenz geworfen): Aus einer gefühlten Fallhöhe von 10 Metern plumpsen Klöße menschlicher Masse in die Sitze mit der darauffolgenden existenziellen Bedrohung der Kniescheiben dahinter Sitzender. Während des Flugs: Weiteres megafonartiges Aufsagen der aktuellen Excel-Sheets bzw. fortgesetzter Kampfhumor der Urlauber vorzugsweise quer über die Sitzreihen zwecks tsunamiartiger besserer Verbreitung der Schallwellen. Nach der Landung: Nach wie vor unausrottbares Kampfklatschen der Urlauber. Kurzes Unterbrechen der Excel-Sheet-Durchsagen. Dann völlig überraschtes Feststellen der unausweichlichen Tatsache, dass nun Aussteigen das Gebot des Moments ist. Zeitlupenartiges Schälen aus den Sitzen und ostentatives Warten, bis die Welle der Räumungsarbeiten der Gepäckfächer drei Millimeter vor der eigenen Person aufschlägt. Dann - das hat sich schon beim Einsteigen bewährt - sorgfältigstes Drapieren von Jacken und Mänteln und Ergreifen des Handgepäcks, bevor der Unmut von 100 Mitreisenden außer Kontrolle gerät. Weiterhin teilnahmslose Apathie der Flugbegleiter. Vielleicht haben die Ärzte vor 250 Jahren recht gehabt, dass Fortbewegungsmittel, die schneller als ein Pferd sind, für den Menschen nicht zumutbar sind.

Der rabiate Kampf-Humor von Reisegruppen auf Flughäfen ist für Morgenmuffel wie mich ein schwerer Start in den Tag. Hoffentlich klatschen sie wenigstens nicht bei der Landung.

Lieber K.u.K. Hofzuckerbäcker am C-Gate am Wiener Flughafen: Es tut mir ehrlich leid, dass ich die erlesene Übellaunigkeit Deiner beiden Service-Damen heute um 7.00 durch die Impertinenz eines Wunschs nach einem Espresso und einem Apfelstrudel so ungehörig gestört habe. Ich mach's auch nie wieder. Versprochen!

Habe (wahrscheinlich nur befristet) den Glauben an die Menschheit wieder gefunden. Zugsfahrt 2.Klasse von Wien nach München. Voller Waggon. Und die Menschen nehmen Rücksicht aufeinander. Unterhalten sich leise, telefonieren kurz und im Flüsterton. Es sind die Excel Sheet Wichser in den Flugzeugen und den Ersten Klassen, die einem mit ihren bescheuerten Bedeutsamkeits-Ritualen auf dauerndem Mega Dezibel Level das Reisen verderben.

Sär geärtä Fahrgästä, in drei Minutän erreichän wir den Bahnhof AMstättän. So klingt der herrliche ungarische Zugführär der Westbahn heute Früh. Bis jetzt dachte ich, Paul Lendvai wäre der ungekrönte König des unauslöschlichen ungarischen Akzähnts. Er hat seinen Meister gefunden.

Wenn man Menschen zusieht, mit wie viel Feingefühl und sogar Zärtlichkeit sie ihre elektronischen Kommunikationsmittel behandeln, möchte man sich wünschen, sie würden auch miteinander so umgehen.

Im Zug nach Wien. In meiner Nähe telefoniert jemand: ‚Wie gsogt, I hob das gsogt. Und waun iagendwaun wos is, daun hob I das gsogt, das wos is.‘
Jetz is wos passiert: ‚Is wos? Na? Woid nua frogn, ob wos is. OK. I möd mi wieda.‘

AUA. Flug von Frankfurt nach Wien. Kurz vor dem Start eine Durchsage des Kapitäns: Es sind für das große Flugzeug zu *wenige Passagiere da. Und die sitzen auch noch mehrheitlich vorne. Deshalb die Bitte: 2 Passagiere sollen sich aus den Reihen 2 bis 6 nach hinten ab Reihe 24 setzen, um den Schwerpunkt der Maschine auszutarieren. Sonst müssten Sandsäcke geladen werden, was den Abflug um eine halbe Stunde verzögern würde. Sofort stehen zwei beherzte Herren auf und wandern nach hinten. Unter Applaus. Endlich macht das Klatschen im Flieger einmal Sinn.*

Gerhard Schilling

Auf den heutigen „Termin" freu ich mich ganz besonders. Ich treffe den „Herren Almdudler": Gerhard Schilling. Er ist schon fast 80 und war fast sein ganzes Berufs-Leben lang der Chef von Almdudler – der Kräuterlimonade, die mein Opa schon als Kind getrunken hat, die meine Mama geliebt hat und die mir auch immer noch besser schmeckt, als alle Cyber-Cokes zusammen.

Opa hat mir viel von ihm erzählt, er kennt ihn schon so lange, wie mein Onkel Paul auf der Welt ist. Damals haben die Mütter die Kids in eine Spielgruppe gebracht und die Väter kamen dann zur Abholung vorbei. Dabei haben sich Opa und Gerhard ganz schnell angefreundet. Gerhard war sogar zwei Mal Kunde beim Opa: Einmal in der Werbe-agentur, da hat der Opa die Werbung für Schlumberger Sekt gemacht und Gerhard war der Marketing-Chef dort. Und dann in der Coach-Zeit, da hat der Opa ein paar Jahre lang alle möglichen Leute bei Almdudler gecoacht – die Mama würde wieder sagen, er war der „Firmen-Psychiater" dort. Und weil der Gerhard so eine wichtige Figur bei Almdudler war, haben ihn die Leute in der Firma immer noch schrecklich gern und er kriegt immer noch die tollsten Sachen, auf denen Almdulder draufsteht und coole Sprüche. Ich bin sicher, er hat wieder was für mich auf die Seite gelegt, was keine meiner Freundinnen hat und ich bin wieder mal die Styling-Chefin in meinem Clan.

Ich fahre mit der U-Bahn nach Klosterneuburg, wo der Gerhard lebt – genau genommen in Kritzendorf. Der Opa würde staunen, wenn er das sehen könnte – ich weiß noch, wie oft er sich darüber aufgeregt hat, dass die Trotteln in der Wiener und in der Niederösterreichischen Politik es einfach nicht schaffen, die U4 bis Kloburg zu verlängern. Aber seit in Wien ein „schwarzer" Bürgermeister regiert – ein Wahnsinn, wie sich der Opa darüber aufgeregt hat, da hing wochenlang der Haussegen schief und die arme Tango-Oma musste ihre heimliche Freude darüber ganz tief hinunterschlucken! – geht´s auf einmal und die U4 fährt immerhin bis zum Bahnhof Kritzendorf.

Dort holt mich Gerhard ab und wir fahren in seinem Auto bis zu seinem Haus.

Dieses Haus hat eine besondere Bedeutung. Im vorigen Jahrhundert – im Jahr 1999 – saßen Opa und Oma bei den Schillings (Gerhard war damals noch mit seiner ersten Frau verheiratet) zu Ostern auf der Terrasse und es war so gemütlich da draußen, dass der Opa es geschafft hat, und der Oma doch die Idee eines Hauskaufs in Kloburg einreden konnte.

Gerhards zweite Frau – die Ulli – ist eine Seele von einem Menschen und hat das Haus zu einer Oase der Gemütlichkeit gemacht. Sowas von gar nicht cool, dass es schon wieder supercool ist. Und: Wir sitzen auf der Terrasse, auf DER Terrasse! Im Garten spielt Gerhards Hund – irgendeine Promenaden-Mischung aus dem Tierheim und der Hund hat den Gerhard total um den Finger gewickelt.

Gerhard hat immer in einer Hosentasche irgendein Leckerli für den rabiaten Kerl und besticht ihn regelmäßig, damit wenigstens die Hälfte von dem passiert, was das Herrchen will. Mit Verschwörer-Mine geht Gerhard kurz ins Haus und kommt mit dem neuesten Almdudler-Gag heraus. Ein Bikini, wo auf dem rechten Körbchen „Alm" und auf dem linken „Dudler" gedruckt ist und auf dem Höschen sieht man das Trachten-Pärchen beim Schmusen. Wie er das macht, dass er immer exakt meine Größe weiß, ist mir ein Rätsel. Wahrscheinlich liegt es an den sieben Enkelkindern, die er hat.

Gerhard lacht mich an und sagt: „Da hab ich Deinen Opa schon abgehängt. Er hat drei Kinder mit zwei Frauen und ich hab vier – auch mit zwei Frauen!"

„Dein Opa war ein wilder Hund, was der für einen Verschleiß an Frauen hatte, ich hab mich immer gewundert, wie er das durchsteht. Erst sowas mit Mitte 50 ist er dann bei der Richtigen angekommen und das hat ihn jünger gehalten, als das ständige Herumflanieren." Ich denke mir, ich weiß zwar nicht, was „Flanieren" bedeutet, aber wie ich den Opa kenne, sicher nichts Gutes.

Als hätte Gerhard sich vorbereitet auf unser Gespräch, zieht er gleich das Gespräch weiter an sich. Er sitzt bequem da, schlank – nach wie vor recht sportlich – ein weißer Haarkranz um ein Gesicht, das immer noch so bubenhaft wirkt und ich muss immer ein bissi lachen, wenn ich die restliche Haarsträhne sehe, die mitten auf der verlängerten Stirn wuchert.

„Dein Opa hat mir einmal durch eine schwere Zeit geholfen. Als meine erste Ehe am Krachen war, sind wir beide regelmäßig in der Klosterneuburger Au Laufen gewesen und ich hab ihm mein Leid geklagt. Er hat bald gespürt, dass meine damalige Frau mich bescheißt und mir immer wieder keuchend geraten, endlich einen Schluss-Strich zu ziehen. Ich bin halt immer schon ein guter Kerl gewesen und dann hat es erst richtig krachen müssen, bis ich die Scheidung geschafft habe. Und dann hab ich ihm – auch beim Laufen – von Ulli erzählt und wir haben uns beide richtig gefreut. Komisch – so oft haben wir beim Laufen wichtige Sachen besprochen. Einmal hat mir dein Opa gesagt, dass er mir so sehr als Freund vertraut, dass er mich bittet, mich um seine Kinder zu kümmern, wenn ihm einmal etwas zustoßen sollte. Kennst mich eh – einerseits war ich natürlich total gerührt, andererseits wollte ich der großen Gefühlsanwandlung, für die Dein Opa immer wieder berühmt war, ein bisschen die Schwere nehmen. Und da hab ich ihn gefragt: Ich kümmere mich natürlich gerne um Deine Kinder – auch um Deine Frau? Und da hat er mir verbal gleich eine aufgelegt und gesagt: Dann soll Dich der Blitz bei einer intimen Verrichtung streifen! Wir haben so lachen müssen, dass wir eine Pause einlegen mussten." Gerhard schüttelt sich auch heute noch vor Lachen in der Erinnerung daran und dann geht sein Gesicht auf wie ein Germknödel, würde Opa sagen.

„Dein Opa war für mich in der ersten Zeit bei Almdudler ein guter Begleiter. Er hat mich in seiner typischen Art immer wieder auf schwierige Typen aufmerksam gemacht. Da hat er dann immer ein superernstes Gesicht aufgezogen, die Stimme drei Zentimeter tiefer gelegt und auf mich eingeredet. Meistens hatte er eh recht, und wenn ich dann seinem Rat nicht gefolgt bin, musste er sich immer zusammenreißen, dass er mir keine Standpauke hält.

Als Freund hätte er´s sicher getan, als Coach hat er mir halt dann eine Rechnung geschickt – Schmerzensgeld – da kennt er nichts!"

„Mit Deinem Opa und mir ist´s zum Glück so, dass wir uns auch dann gleich auf Augenhöhe finden, wenn wir uns lange nicht gesehen haben. Trotzdem muss ich ihm liebevoll den Vorwurf machen, dass er sich ein paar Jahre nicht sehr um unsere Freundschaft gekümmert hat. Wenn ich nicht ab und zu angerufen hätte... Er hat´s dann aber kapiert, dass das keine Art ist und ist wieder aktiver geworden. Ich glaube, was uns beiden gut getan hat, war die Einsicht, dass wir die Geschäftsbeziehung sein lassen und uns wieder ganz auf uns selbst konzentrieren konnten. Wenn er mir seine ganz persönlichen Gedanken erzählt hat, ist der Coach in ihm verschwunden und sein immer wieder aufblitzender Wunsch nach Belehrung. Und dann hab ich einen Menschen erlebt, der sich durchaus auch klein gefühlt hat, auch selbst einen Rat gut gebrauchen konnte und den – auf jeden Fall von mir – auch immer wieder beherzigt hat."

Da muss ich jetzt an den Opa denken und was für ein sturer Hund der sein kann.

Bis der von seiner Meinung einmal heruntersteigt, das kann einen schon einmal ordentlich nerven. Da kann auch die Mama ein Lied davon singen – wenn die zwei sich einmal ordentlich gematcht haben, sind regelmäßig die Fetzen geflogen, gefolgt von einer Schweigepause über ein paar Tage, bis sie sich wieder genauso lieb hatten, wie eh immer.

Irgendwie sieht der Gerhard, was sich in meinem Kopf abspielt, er legt seine schwere Hand auf meine Schulter und sagt: „Gell, jetzt denkst Du daran, was Dein Opa für ein Sturschädel ist. Genauso ging´s mir auch immer wieder mit ihm. Mir fällt da eine Szene ein, im Café Weimar, wo wir uns gern getroffen haben und da war er auch wieder einmal so vernagelt, dass es kein Weiterkommen gab mit ihm. Und da hab ich ihm quer über den Tisch meine Hand auf seine gelegt und dann hat er erst einmal aufgehört, zu lamentieren, ist ganz leise geworden und seine Augen sind nass geworden. Da wirkt er dann wie ein kleiner Bub, der gerne weinen möchte und nicht darf. Das sind die seltenen Momente, wo man den kleinen Hannes spürt. Dein Opa hat eine wirklich schwache Stelle, wenn er die einmal in den Griff kriegen könnte, würds ihm sicher ganz viel besser gehen – besonders jetzt, wo es ihn so erwischt hat: Wenn der blöde Kerl einmal um Hilfe bitten könnte, wenn es ihm schlecht geht, er ahnt ja gar nicht, dass ganze Armeen von Freunden aufmarschieren würden. Mit mir mitten drin. Was macht er stattdessen? Zieht sich zurück, grübelt über die Grundlagen des Abendlands und verschwindet wochenlang. Nachher ruft er dann an und entschuldigt sich für die Funkstille und verkündet, dass es ihm jetzt eh wieder gut geht und dass er sich auch ganz bestimmt in der nächsten Woche melden wird. Die ist dann mit Sicherheit einen Monat später.

Noch schlimmer sind seine zynischen Anfälle. Wenn er da einmal loslegt, gibt´s kein Halten mehr und das Blödeste daran ist: Seine Säure-Attentate sind auch noch ziemlich geistreich und immer ziemlich lustig – da weißt Du dann nicht mehr, ob Du lachen sollst, oder ihm eine auflegen. Dein Opa kann richtig gut hassen und ist dann nachtragend wie ein indischer Elefant. Wir hatten einmal einen gemeinsamen Freund, mit dem hatte er großen beruflichen Ärger. Stell Dir vor, das ist mehr als 40 Jahre her. Glaubst Du, er würde mit dem ein freundliches Wort wechseln? Damit hat er´s auch mir immer wieder nicht grade leicht gemacht. Er hat sich aber – das muss man ihm lassen – schon recht gebessert. Auch wenn ich mir immer noch nicht recht sicher bin, ob es an der Einsicht oder am nachlassenden Gedächtnis liegt. Sag ihm einen ganz lieben Gruß von mir. Ich schieb ihn gerne durch die Au, wenn ich mit dem Hund unterwegs bin!"

Mein lieber Freund Bernhard Rems hat mich nominiert, meine 10 liebsten Bücher aufzuschreiben: (Liste nicht hierarchisch)

1. Paul Auster: Mr. Vertigo
2. John Irving: Owen Meany
3. Philip Roth: Der menschliche Makel
4. Michael Köhlmeier: Abendland
5. Stefan Zweig: Die Schachnovelle
6. Herbert Rosendorfer: Der Ruinenbaumeister
7. Alois Brandstetter: Zu Lasten der Briefträger
8. Wolf Haas: Das Wetter vor 15 Jahren
9. Winston Churchill: The early years
10. Karl Markus Gauß: Ruhm am Nachmittag

Geschichten. Ich liebe Geschichten. Gut erzählt. Mit Akteuren, an denen man sich reiben kann. Spannung. Action. Liebe. Ja, Liebe. Suspense. Sex & Crime. Zum Nachdenken. Zum Mitleiden. Zum Lachen. Zum Ärgern. Ein paar meiner Lieblings-Geschichten im Kino aus den letzten Monaten: Die Entdeckung der Unendlichkeit; Imitation Game; Selma. Zufall oder nicht: Alles sehr konventionell erzählte „storys". Die mich alle von der ersten bis zur letzten Sekunde in den Kinosessel gedrückt haben. Im Unterschied zum sogenannten „story-telling" in der kommerziellen Kommunikation. Da begegnet mir in einem Inserat eine junge Bio-Gemüse-Händlerin, die von ihrer selbstlosen Bank einen Kredit erhalten hat. Das ist es schon. Warum soll ich dann noch einen Link anklicken, um im Internet zu erfahren, was mir schon erzählt wurde? Wenn ich mit guten Argumenten erklärt bekomme, warum ich was kaufen oder nützen soll, reicht mir das durchaus. Und wenn jemand wirklich „Storys" erzählen will, bitte ich um eben solche.

Walter Zinggl.

Vor mir sitzt ein Baum von einem Mann.

Der Walter – oder das Walterchen, wie mein Opa ihn immer nannte.

Passt ja wiedermal überhaupt nicht zusammen. Ein stämmiger Kerl, der breit in seinem Leder-Fauteuil lümmelt, eine Pfeife im Mundwinkel, aus der in regelmäßigen Abständen dicke Rauchwolken steigen. Ein großer Kopf, Glatze und – mein Onkel Paul würde sagen: ein dichtes Vogelnest rundherum. Weiße dichte Locken, die in alle Richtungen stehen und den Eindruck machen, gar nicht dem Versuch ausgesetzt zu sein, gebändigt werden zu wollen. Walter nimmt die Pfeife in die Hand und da fallen mir seine zarten Hände auf, die so gar nicht zu dem Bären passen, der sich da räkelt. Da kommt aus den Untiefen seines Brustkastens seine Stimme hervor und schon vergesse ich die Zartheit seiner Hände. Mit einem sanften Grollen fragt er mich: „Na, Schatzi, was kann ich für Dich tun, wos mocht der Opa, der alte Haudegen?" Ich pack es nicht! Sowas hab ich ja – außer von Walter – noch nie gehört. Eine unglaubliche Mischung aus breitem Wienerisch und tiefem Steirisch donnert da daher und Walter grinst übers ganze Gesicht.

Opa hat mir schon so oft von „seinem" Walter erzählt und dass er der Hauptmieter in seinem Herzen ist. Walter kennt diese Bezeichnung schon eine Ewigkeit und bis heute wird er immer noch ein bissi verlegen, wenn er es hört. Der Walter ist ein grader Michel, äußerlich wirkt er manchmal sogar grob und unbehauen, aber drinnen! Da wohnt ein zartes Wesen, unglaublich gescheit und feinfühlig, aber auch mit einer Konsequenz, die – so hat es der Opa immer wieder betont – als Freund bis zur Grenze des eigenen Nachteils geht.

Walter bläst eine dicke Rauchwolke aus dem Mundwinkel und sagt: „Eh klar, dass Dein Opa mir wieder einmal Sorgen macht, aber dass er jetzt nicht mehr redet, geht mir echt auf den Geist! Was soll der Blödsinn, jetzt geht er echt zu weit! Was glaubt er denn, wer er ist, sowas tut man seinen Freunden einfach nicht an."

Und Walter erzählt mir, dass er den Opa schon gefühlte hundert Jahre kennt. Dass sie in grauer Vorzeit einmal Konkurrenten waren in der Werbebranche und sich am Markt um die Kunden gerauft haben, sich dabei aber niemals persönlich was angetan haben. Ganz im Gegenteil. Walter ist sogar einmal der direkte Nachfolger vom Opa gewesen, als der Opa wieder einmal die Agentur gewechselt hat und mit der ihm eigenen steirischen Gelassenheit hat er auch den Chef viel besser ertragen, wegen dem der Opa die Flucht ergriffen hat.

Ungefähr zu dieser Zeit hat der Walter den Opa angerufen und ganz unverblümt gefragt: „Weißt Du, was ein Suchender ist?" Und eh klar, wusste der Opa, was ein Suchender ist. Das ist jemand, der bei den Freimaurern aufgenommen werden will. Und der Opa war schon ein

Freimaurer zu dieser Zeit und hat – wie so oft bei persönlichen Sachen – daraus auch gar kein Geheimnis gemacht. Irgendwie hat der Walter das mitgekriegt und seinen Wunsch, da auch dabei zu sein, beim Opa platziert. Weil man da einen Bürgen braucht, also jemanden, der dafür gradesteht, dass der „Neue" auch ein „Guter" ist. Und ich weiß vom Opa, dass ihn mit dem Walter etwas ganz Besonderes verbindet. Weil, als der Walter den Opa fragte, ob er sein Bürge sein will, da durfte der Opa das noch nicht, weil er noch ein Geselle war und Bürgen müssen Meister sein. Soweit kenn ich mich auch schon aus, bei den ganzen seltsamen Freimaurer-Sachen, das hat mir der Opa mit einer Eselsgeduld einmal erklärt. Jedenfalls wollte der Walter unbedingt den Opa als Bürgen und hat geduldig noch ein Jahr gewartet, bis es endlich so weit sein konnte.

Und jetzt, wo ich beim Walter daheim bin, sehe ich auch überall diese Freimaurer-Sachen an den Wänden. Einen großen Zirkel aus Holz, ein Gerät, das zwei Metall-Stücke in einem rechten Winkel zeigt und eine Menge Bilder von Leuten, die als Männer im Anzug so eine komische Schürze umgebunden haben. Alles ganz fürchterlich bedeutsam – auch so ein Wort, das ich vom Opa habe.

Und Walter hüllt sich nochmals in eine Rauchschwade und aus dem Nebel brummt seine Stimme: „Dein Opa ist mein Bruder. Einen Bruder sucht man sich nicht aus, der gehört zur Familie. Aber Dein Opa ist auch mein Freund. Und das ist etwas ganz Seltenes, dass der Bruder auch Dein Freund ist, weil Freunde sucht man sich aus. Was glaubst Du, wie mir der eine oder andere Bruder immer wieder am Oasch geht, aber da musst Du durch, das haben wir uns gegenseitig versprochen. Dein Opa pflegte dabei immer einen verstorbenen Bruder zu zitieren, der sagte: Toleranz ist der Verdacht, der andere könnte recht haben.

Damit hat er natürlich recht, auch wenn er selbst die Toleranz der Brüder manchmal ganz schön strapaziert hat. Immer wieder hat er uns die Leviten gelesen, wenn ihm was nicht gepasst hat und ganz besonders allergisch war er auf die von ihm so bezeichneten „Ayatollahs". Aus seiner Sicht sind das die Prinzipienreiter, die in ihrer Sturheit auf den Paragrafen herumreiten, ohne zu merken, wie deppert sie dabei sind.

Das ist auch der Grund, warum er es nie zum Meister vom Stuhl gebracht hat – das ist der Chef der Freimaurer-Loge. Weil er hätte es einfach nie geschafft, seine liberale Grundhaltung irgendeiner papierenen Vorschrift zu opfern oder die geistigen Nackerbatzln, die es auch bei uns gibt, auf die Dauer zu ertragen. Andererseits konnte er doch ab und zu über seinen Schatten springen und hat sogar einmal zwei Brüder, die ganz schlimm zerstritten waren, kurz, bevor der eine der beiden an Krebs gestorben ist, wieder zusammengebracht.

Dein Opa hat ein Herz wie ein Bergwerk. Und manchmal lagert er da drin strahlenden Sondermüll, wo Du Dir auf den Kopf greifst, wie der da hin gekommen ist.

Und erst, wenn dann alle Alarmglocken läuten, ruft er dann irgendwann einmal um Hilfe.

Vor vielen Jahren hat er sich in eine Beziehungs-Scheiße geritten, wo alle, die ihn lieben, sich gefragt haben, wie ein erwachsener Mann so bescheuert sein kann. Und dann – endlich – hat er mich und einen zweiten Bruder um Beistand gebeten. Wir wurden dann – wie er es bezeichnete – seine Bewährungshelfer, die sich jeden Tag darum gekümmert haben, dass er von dieser Frau loskommt. Wochenlang hab ich ihn jeden Tag angerufen und ihm smse geschickt, immer mit demselben Wort: „Nein." Und – was soll ich Dir sagen – es hat gewirkt.

Geglaubt hab ich schon selber fast nicht mehr dran, aber es geschehen ja noch Zeichen und Wunder.

Und dann die zweite Baustelle: Dein Opa war ein richtig guter Coach – wahrscheinlich einer der besten im Land. Aber glaubst Du, er hätte es in diesem Leben noch zu richtigem Wohlstand gebracht? Wie er das angestellt hat, ist mir heute noch ein Rätsel, aber er konnte einfach nicht richtig reich werden mit seiner Arbeit, die er doch so viel besser beherrschte, als der Rest der Weltverbesserer.

Er hat uns Brüder auch immer wieder mit seiner ein bisschen heimtückischen Art – so eine Mischung aus Hintergründigkeit und Boshaftigkeit – auf unsere Seltsamkeiten aufmerksam gemacht und sich gern darüber lustig gemacht, wenn einem besonders Eifrigen wieder einmal die Scheinheiligkeit aus den Ohren geronnen ist.

In den letzten Jahren war er wenigstens wieder öfter an den Montagen bei uns, ist ein bissi stiller geworden und hat sich um die „Jungen" gekümmert. Wenigstens weiß er jetzt wieder, wie alle heißen, war ja schon ein bisschen peinlich, wenn er sich immer wieder Brüdern vorstellen musste, die schon zwei Jahre bei uns waren.

Und dann hat er uns wieder einmal einen Satz um die Ohren gehauen, der im Ritual vorkommt, wenn die entschuldigten Brüder genannt werden: „Von den anderen wissen wir nichts." Wir wissen ja wirklich nicht genug voneinander. Und wie immer zählt es zu den fast schon tragisch-komischen Seiten Deines Opas, dass er in der Analyse recht hat, in der eigenen Umsetzung aber unter der selbst gelegten Latte immer wieder aufrecht durchgeht. Und wenn wir jetzt so reden, spüre ich wieder seine zitternden Hände, als er mich bei meiner Aufnahme – ich mit verbundenen Augen – durch den Tempel geführt hat. Da war er mindestens so aufgewühlt, wie ich. Hinter der scheinbar souveränen Ruhe brodelt es in ihm und da hab ich ihn so intensiv als meinen Bruder gespürt."

Jetzt ist dem Walter die Pfeife ausgegangen und irgendwie kommt ihm das ganz gelegen, weil ich habe gemerkt, wie ihn die Erinnerung mitgenommen hat und seine Mund-winkel gezittert haben.

Er steht auf, geht aus dem Zimmer und kommt mit einem Foto-Album zurück.

Seine Hochzeit mit Katja, seiner zweiten Frau.

Und in der kleinen Schar der Gäste sehe ich den Opa, wie er sich freut.

OO.

Kindheit. Linz. 6oer-Jahre. *Mit Mutti auf der Landstraße beim Eiskönig. Belohnung für den 1er beim Mathe-Test. Zufallstreffer eines zahlenmäßig Unterbegabten. Dann weiter zum Passage-Kaufhaus. Dort steht im Durchgang ein Verkäufer mit seinem Stand. Er hat eine Elvis-Locke, Koteletten bis zum Kinn und einen Schnauzbart, dessen Enden bis weit über die Mundwinkel gezogen sind. Neben ihm liegt eine angerissene Packung „Austria 3“. Stimme entsprechend. „Und jetzt, gnä Frau, zeig ich Ihnen, wie leicht unser Edelstahlmesser direkt importiert aus Solingen durch diesen frischen Paradeiser gleitet.“ Das Messer gleitet. „Und ich weiß ganz genau, wie es Ihnen in der Küche geht, wenn wieder einmal die Karotten in der Raspel steckenbleiben und der Sellerie sich nicht schneiden lässt.“ Er hält ein feuerrotes Plastikmonster in die Höhe. Aus seiner Mitte blecken metallische Haifischzähne in drei Reihen. Er nimmt eine Riesen-Sellerie und wie von Zauberhand purzeln unten gleichmäßig geschnittene Scheiben raus. Ein Produkt der Welt-raum-Forschung. „Und jetzt, gnä Frau, mach ich Ihnen ein Angebot. Nur heute und nur, weil ich meinen Chef dazu über-*

reden konnte: *Ich packe Ihnen jetzt unser sieben-teiliges Messer-Set - direkt aus Solingen und diese Wahnsinns-Gemüse-Raspel mit amerikanischem Patent in dieses superpraktische Plastik-Sackerl. Das Ganze zum nur heute gültigen und unfassbar günstigen Supersonderangebot von 39 Schilling 90!"* Das Sackerl bewegt sich wie von Zauberhand auf Muttis Augenhöhe und gleichzeitig bewegen sich 40 Schilling in Richtung Schnauzbart. Wie durch einen Nebel höre ich Mutti sagen: *„Der Rest ist für Sie."*

1977. Bundesheer. Hillerkaserne Linz-Ebelsberg. Schwere Jäger. („Kaiserjäger Nr.4"). Nach der Grundausbildung 6 Wochen Wachdienst. Klirrende Kälte. Lernen, wie man in einem Lamm-fellmantel, der von alleine steht, an die Wachhütte gelehnt im Stehen schläft. Dann, eines Morgens, beim Appell, die Frage: „Wer meldet sich freiwillig zum Küchendienst?" Bei minus 15 Grad dauert es gefühlte 0,3 Sekunden, bis mein Arm senkrecht in die Höhe ragt und dort einfriert. Die Aussicht auf geregelten Dienst, eine warme Stube und Essen, das man sich aussuchen kann, war zu schön. In der Küche gab es einen Chef, der im Unteroffiziersrang seinen Dienst verrichtete. Er war schwerer Alkoholiker und trug in seinem Namen ein alkoholisches Getränk. Wollen wir ihn aber netterweise Schnapstaler nennen. Wer weiß, ob er noch lebt. Oberstabswachtmeister Schnapstaler hatte immer einen Doppelliter Weißwein zur Hand. Gut versteckt in einem Alu-Regal, in dem Hunderte Teller aufbe-wahrt wurden. Bis zu Mittag war der Doppler zur Hälfte geleert. Und Schnapstaler war gut drauf. Bis zum Abend kam die zweite Hälfte dran und Schnapstaler wurde aggressiv. Eines Tages kam der Oberst-Arzt in die Küche. Inspektion. Zwegn der „Hygienie". Es ist Mittag und Schnapstaler hat seine Dröhnung drin. Er sollte jetzt eigentlich Meldung machen. Der korrekte Text hätte gelautet: „Herr Oberst, Oberstabswachtmeister Schnapstaler meldet Küche ohne Vorkommnisse." Schnapstaler spürt den historischen Moment. Er nimmt Haltung an. Wankt. Stützt sich mit einer Hand am schweren Eichentisch ab. Salutiert. Und sagt: „Herr Oberst, Oberstabswachtmeister Schnapstaler meldet Küche ohne Komfort!"

Christian Zizka.

Heute geht´s nach Linz – in Opas Geburtsstadt, wo er bis zu seinem 19. Lebensjahr gelebt hat.

Ich weiß vom Opa, wie er Linz in den 70er-Jahren des vorigen Jahrhunderts gehasst hat. Genau in der Zeit, als er ein Teenager war, hatte die Stahlstadt genau gar nichts zu bieten für junge Leute in der Pubertät. Bis zum Ende seiner „Sprechzeit" hat man aber beim Opa den Oberösterreicher herausgehört. Das war ihm manchmal peinlich, ganz besonders dann, wenn oberösterreichische Politiker ihren derben Sermon in die Mikrofone rülpsten (ich würde das so niemals formulieren – das sind Opas Schimpfkanonaden!). Aber immer wieder hat er auch ganz bewusst den Oberösterreicher raushängen lassen und sich königlich darüber amüsiert, wenn er statt Rindfleisch „Rimpfleisch" sagte oder statt Pfadfinder „Pfapfinder" oder statt alles „oisi" oder statt Hemd „Pfoad" bzw. wenn er ganz gut drauf war „Hemadpfoad".

Aber als er 1977 nach Wien zum Studieren ging, ist er regelrecht aus Linz geflüchtet. Ihm ist der damalige kleinstädtische Mief ganz fürchterlich auf den Zeiger gegangen. Und: Er ist – das hat er mir einmal in einer sehr ruhigen Minute gesagt – auch vor seinen Eltern davon gerannt. Opa hat mir auch gesagt, dass er wegen Christian ein superschlechtes Gewissen hat.

Christian Zizka. Sein engster Freund aus den Linzer

Jahren, mit dem er acht Gymnasiums-Jahre verbracht hat und sogar das Bundesheer. Durch die Flucht nach Wien hat die Freundschaft zu Christian sehr gelitten. Wenn ich Christian schreibe, ist das eigentlich nicht ganz richtig. Opa hat nie Christian zu ihm gesagt, sondern „Pfiff" – das war sein Spitzname – meinereine würde sagen „Nickname" – für ihn. Genauso, wie der Pfiff fast nie Hannes zu ihm sagte, sondern Hansi – und damit war er der einzige, der das durfte.

Und nun bin ich also in Linz und hab mir vorher noch die Ferihumerstraße reingezogen, wo der Opa mit seinen Eltern und seinem Bruder seit seinem dritten Lebensjahr gewohnt hat. Das Haus Nr. 52 ist ein würfelförmiges vier-stöckiges Gebäude in einer Siedlung an der Donau. In Urfahr, also dem nördlichen Stadtteil. Im ersten Stock hat er gewohnt, mit Blick auf den Pöstlingberg, wo er einmal mit mir, als ich noch klein war, in der Grottenbahn gefahren ist. Pfiff wohnt auch in Urfahr, in einem Einfamilienhaus, in dem er lange Zeit mit seiner Frau und seinen fünf Kindern zusammen gewohnt hat. Jetzt ist er da drin nur mit seiner Frau und einem Studenten, dem er ein Zimmer vermietet hat. Mehr konnte er nicht erübrigen, denn in den anderen Zimmern, in denen früher seine Kids waren, sind jetzt Terrarien aufgebaut, in denen allerlei exotische Viecher wohnen. Ein Leguan, eine Python-Schlange, eine Maus-zucht (das Futter für die Python) und diverse andere Schrecklichkeiten, von denen ich nicht weiß, was sie sind und wie sie heißen. Irgendwie fühle ich mich wie in einer

Zeitreise, denn von Opa weiß ich, dass die Terrarien schon zur Schulzeit Pfiffs ganze Leidenschaft waren. Pfiff sieht aus, wie das Topmodel für diese Pillen und Säfte, die in der Werbung lebenslange Fitness versprechen. Ganz weißes volles Haar, stoppelkurz geschnitten und ein gegerbtes Gesicht mit einem scharfen Adlerblick. So gesund, dass es fast schon verdächtig ist, wenn ich nicht wüsste, dass der Typ einfach eine supergute Substanz hat.

Er merkt, wie ich ihn mustere und sagt mit seiner langsam gedehnten Sprache:

„Ja, Kleine, dein Opa hat mir schon in der Schule nicht geglaubt, dass ich einmal keine Glatze kriege und er schon! Ist er jetzt endlich erwachsen geworden, der Hansi?" Auf meine Antwort, dass er jetzt ein bissi zu sehr erwachsen ist, kommt sofort die Retourkutsche: „Das ist ja wieder einmal typisch für ihn – er hat noch nie ein gesundes Mittelmaß hingekriegt."

Noch bevor ich mit halber Kraft protestieren kann, setzt er auch schon nach: „Aber der Hansi und Mittelmaß – das wäre doch ein Widerspruch in sich. Man muss ihn halt aushalten, wie er ist, dann kann man relativ gute Zeiten mit ihm haben. Er hat immer alles bis zum Extrem ausreizen wollen und ist dabei grade eine Spur weniger oft gegen die Wand gefahren, bevor er katastrophal gescheitert wäre. Bei den Mädels war er atemberaubend schüchtern und so patschert, dass ich ihn manchmal aus der Haut schütteln hätte wollen. Gleichzeitig war er die ganze Oberstufe Klassensprecher und in der siebten Klasse auch

Schulsprecher und das hat er sogar aus meiner Sicht recht gut hingekriegt. Irgendwie hat er´s geschafft, die Lehrer im Griff zu haben und sogar uns einigermaßen bei der Stange zu halten. Manchmal hat er mich ordentlich genervt mit seiner pseudoerwachsenen Betriebsamkeit, aber unter dem Strich hat er eine ganz passable Spur gezogen. Oder auch seine Frisur. Die ganze Unterstufe superbrav, dann ab der fünften hat er sich die Haare wachsen lassen, bis sie schulterlang waren und gleichzeitig hat er sie stundenlang geföhnt, weil ihm die Locken so auf die Nerven gegangen sind. Dann kommt er aus den Ferien nach der sechsten zurück und hat fast eine Stoppelfrisur, die aber selbstverständlich mit einem Scheitel, wie mit dem Lineal gezogen. Er wollte immer auch ein bisschen elegant sein – das ging bis zu seinem Moped, das zwar alle möglichen Extras hatte, aber eine langsame Schindmähre gewesen ist. Der Kurtl und ich haben stundenlang im Keller in der Ferihumer-straße an dem Kräubel herumfrisiert, bis er endlich mit uns mithalten konnte. Oder die Tanzschule: Er musste natürlich zum Horn gehen, der ältesten Tanzschule in Linz, obwohl doch beim Jakob die viel fescheren Hasen waren. Dann hat er beim Horn für die ganze Klasse einen Rabatt herausgeschunden und wir Deppen sind alle zum Horn gelatscht und mussten dann am Sonntag mit gefälschten Tanzschul-Ausweisen zum Jakob in die Disco gehen, damit wir endlich ein paar resche Schnitten sehen konnten. Aber irgendwie hab ich ihn wirklich gemocht. Als Freund war er gar nicht so schlecht. Am schönsten waren die Wochenenden, die wir manchmal ganz zu zweit verbrachten. Meine Eltern hatten ein Wochenend-Haus im Mühlviertel und ich hatte sturmfreie Bude und da haben wir stundenlang Musik gehört – Led Zeppelin oder Jethro Tull und wenn ich gut aufgelegt war, durfte er auch seine furchtbaren CCR auflegen – und nach Mitternacht haben wir in der Küche eine Konservendose aufgemacht. Er hat mich auch überredet, in den Ferien von der siebten auf die achte nach Frankreich zu einem Sprachkurs mit Familien-aufenthalt und Schule am Vormittag zu fahren. Dort hat er eine echte Arschkarte mit seiner Family gezogen und die meiste Zeit bei meiner verbracht. War echt cool. Die Mama in meiner Familie war Vietnamesin, der Papa Korse und der Sohn ein echt fescher Mischling – René, der schon ein Auto hatte, einen kleinen Simca. Mit dem sind wir herum-gefahren und haben die Mädels abgestaubt, die der René übriggelassen hat – also eher ich, der Hansi, schüchtern, hab ich eh schon gesagt. Dafür wollte die Vietnamesen-Mama ihn einmal in ihr Bettchen locken, wie der Korsen-Papa einmal nicht z´haus war – da hat ihn seine Schüchternheit aber vor einer Menge Ärger bewahrt. Der Korsen-Papa hatte gar keinen Humor.

Manchmal hat der Hansi mir auch leid getan. Mit den Eltern hat er echt ein schweres Los gezogen. Seine Mama war eine Seele von einem Menschen, hat uns immer bekocht und bebacken, bis wir nicht mehr wussten, wo vorne und hinten ist, aber sie war echt hysterisch in ihrer Art und wenn sie Nachfragen in die Schule gekommen ist, war es für uns immer eine super Gaudi zu sehen, wie sie in der Aula die Professoren gegen die Wand geredet hat. Von seinem Vater hab ich nie viel mitgekriegt. Der hat fast nie was gesagt, aber mit meinem Alten hat er sich gut verstanden. Der Vater vom Hansi hat gern über unsere Scherze mitgelacht, aber selbst ... Ich weiß nicht. Wenn wir unsere Küchengespräche hatten, hat mir der Hansi sein Leid geklagt. Dass seine Eltern saufen, dass es z´Haus nicht auszuhalten ist, und wie nervig seine Mutter ist, wenn sie wieder einmal unrund ist und die Bierflasche zu nahe an ihr dran stand. Oder das blöde Gefühl, das er hatte, wenn er wieder zum „Lindbauer" gehen musste und eine Flasche Doornkaat für den Vater besorgt hat. Schon eine Ironie für sich: Im Gasthaus „Lindbauer" waren dann auch die Essen nach den Begräbnissen der Eltern, die sich beide totgesoffen haben. Auch seltsam: Mit meiner Mutter hat er immer einen guten Draht gehabt. Ist mir auch manchmal auf die Nerven gegangen. Immer, wenn wir schon abhauen wollten, musste meine Mutter noch eine rauchen mit ihm – ich glaube, ihm hat ihre ruhige Art sehr getaugt. Er war überhaupt der Wunsch-Schwiegersohn bei den diversen Muttis, aber die Töchter hat er viel weniger beeindruckt. Aber er war auch wirklich charmant, und mit uns ein Schmähführer, da musste sogar ich immer viel lachen mit ihm, auch wenn mich seine Lustigkeiten ab und zu ordentlich genervt haben. Ich hab ihn einfach gern gehabt, er war mein Freund. Deshalb hab ich mich auch beim Bundesheer in seine Kaserne versetzen lassen, damit wir zusammen sein können und ich ein bisserl auf ihn aufpassen konnte. Dort haben wir monatelang in der Küche Geschirr gewaschen und Essen transportiert und es war eine wirklich gute Zeit. Manchmal sind wir am Wochenende mit unseren Freundinnen nach Steyr zu seiner Omi gefahren – die hatte einen kleinen Bungalow als Zubau zu ihrer Villa und da hatten wir sturmfreie Bude – seine Omi, die war wirklich eine coole Alte.

Und dann ist er nach Wien gegangen. Und hat alle Brücken abgebrochen. So, als hätten wir alle die Krätze. Das hab ich ihm lange nicht verziehen. Erst bei den Maturatreffen 30 Jahre später hab ich ein bisserl besser verstanden, warum. Er hat die 170 Kilometer Abstand superdringend gebraucht – in Linz wäre er wahrscheinlich durchgeknallt oder selbst zum Alkoholiker geworden.

Wenn wir dann nach den Maturatreffen am Hauptplatz in Linz noch eine geraucht haben, war er mir wieder so nahe, wie damals und ich hab ihn gespürt, und er mich. Irgendwie ist er die ganze Zeit der schüchterne Hansi geblieben.

OO.

Manchmal überkommt es mich und dann möchte ich meine Abscheu und meinen Zorn über das System, das wir uns in Österreich eingetreten haben, rauskotzen. Ich fürchte, es ist mal wieder soweit. Wer's nicht lesen will, bitte jetzt aussteigen. Ich will nicht akzeptieren, daß die derzeitigen Regierungs-Simulanten es schaffen, so gar keine Idee zu haben. Offensichtlich fehlt nicht nur die Idee, sondern auch deren Grundlage: die Intelligenz. Und manchmal würde auch etwas nützen, das Menschen mit weniger Intelligenz schon gut über die Runden geholfen hat: Mut. Fehlanzeige. Wenn der Leidensdruck groß genug ist, entsteht der Handlungsdruck. Heißt es in den Lehrbüchern. Leer. Denn sonst würden die indolenten (wörtlich: schmerzbefreiten) Ignoranten sich längst aufgerafft haben, um die Grünen und die Neos zu einer 4er- Koalition einzuladen, damit jeder seine abspenstigen Sprösslinge um sich hat, um dem ganzen Land eine Frischzellenkur zu gönnen. Dagegen heißt es immer, diese Regierungsform wäre zu mühsam. Hey, ihr da - habt ihr eine Ahnung, wie mühsam es für uns ist, euch zu ertragen? Oh, Entschuldigung, natürlich nicht, ich vergaß (siehe oben). So bleibt einem immer nur der einzige und letzte Ausweg: wenigstens nicht die Braunen zu wählen, denn die sind das ‚wildgewordene Mittelmaß' (copyright: Ella Lingens).

H.C. Strache begründet im heutigen Interview in der „Presse" seine Abwesenheit bei der Gedenkveranstaltung am Ballhausplatz letzten Sonntag damit, dass er nicht eingeladen worden wäre. Ich spende ihm hiermit einen Gutschein für 10 Coaching-Stunden. Da werden wir dann daran arbeiten, dass man auch als ganz normaler Mensch keine Einladung braucht, um das Richtige zu tun. Oder: Dass man wenigstens die Klappe hält, bevor man sich mit so viel Peinlichkeit selbst anschüttet. Bin Realist genug, um zu wissen, dass 10 Stunden nicht reichen werden ...

Aufruf an alle Weicheier in regierenden Positionen in Österreich: schließt jetzt und sofort das angebliche Dialog-Zentrum der Saudis in Wien! Alleine die Begründung dieser Schlächter, dass der zweite Durchgang der Auspeitschung aus „medizinischen Gründen" verschoben wird, ist ein Peitschenschlag ins Gesicht jedes anständigen Menschen. Schließung! Jetzt!

Jede Religion und jede Weltanschauung ist dafür verantwortlich, was in ihren Hinterhöfen und ihren Eingangshallen passiert.

Bis zum 7.1.2015 hatte ich keine Ahnung von der Existenz eines französischen Satire-Magazins namens Charlie Hebdo. Erschüttert von dem unerträglich barbarischen Massaker habe ich mich erstmals mit der Zeitung beschäftigt und mein eingerostetes Französisch aufgeweckt. Ich finde die Karikaturen niveau- und geschmacklos und streckenweise tatsächlich beleidigend. Aber nichts, nichts und nochmals nichts gibt irgendjemandem auf der ganzen Welt das Recht, mit mörderischer Barbarei darauf zu reagieren. Und wenn die Grenzen des

Geschmacks auch noch so sehr nach unten verschoben werden, so müssen alle subjektiv Beleidigten – insbesondere Religionen – akzeptieren, dass die elementarsten Errungenschaften der Aufklärung und der Säkularisierung nicht verhandelbare Prinzipien sind und bleiben.

Ich hätte eine klitzekleine Bitte an alle Stronach-WählerInnen: Könntet Ihr BITTE bei der nächsten Nationalrats Wahl einfach nicht wählen gehen? Das hätte zwei ganz tolle Vorteile: Das politische System könnte sich eine Periode lang von Eurer Blödheit erholen. Und Ihr würdet auch nicht die FPÖ wählen, die Eurem natürlichen Biotop so nahe ist. Danke!

Die Unversöhnlichkeit, mit der in dieser Woche um den Begriff „Toleranz" gestritten wurde, macht mir Angst. Bevor ich das Opfer dieser Form von Toleranz werde, ist mir die Ignoranz noch lieber. Um den Rest kümmere ich mich dann schon selbst.

Salzburg, Hotel, Frühstück. Ein arabisches Paar betritt den Raum. Er mit Shorts, T-Shirt, Sportschuhen. Sie in der Burka, nur ein Sehschlitz frei. Bei aller Toleranz für alle Religionen und Traditionen : mir ist einfach nur unbehaglich.

London. Marylebone Viertel. Ganze Straßenzüge markant islamisch geprägt. Cafés mit Herren, die entspannt Wasserpfeife rauchen. Geschäfte mit doppelsprachigen Aufschriften. Easy Living. Und dann sieht man die Herren, wie sie ihre in Burkas verpackten Frauen wie Pakete vor sich her schieben. Manche

Damen haben Brillen auf, die größer als ihre Sehschlitze sind. Und mein säkulares abendländisches Herz krampft sich zusammen und eine Welle der Intoleranz gegen diese Intoleranz geht durch mich durch.

Bundespräsident Fischer hat sich selbst und ohne Not zum Lordsiegelbewahrer der Agonie in Österreich gemacht. In der zweiten Amtszeit auf jegliches Gebiss zu verzichten und zu versuchen, die harten Nüsse des Systems rundzulutschen, ist eine Verhöhnung all jener, die ihn gewählt haben, um dem Amt jenes Gewicht zu geben, das es verdient. Die aktuelle Regierungs-Konstellation nicht nur gefördert zu haben, sondern wider den eklatantesten Augenschein auch noch weiter zu stützen, beschädigt Person und Amt in einem Arbeitsgang.
Ist den derzeitigen Regierungs-Simulanten eigentlich klar, dass alles, was sie tun UND in beschämender Weise nicht tun, einer direkten Wahlempfehlung für die FPÖ gleichkommt? (Äh, sorry, war nur eine rhetorische Frage)
Und die Stronach-Wähler sind die versprengten Strache-Wähler, die glauben, etwas von Wirtschaft zu verstehen, weil sie unfallfrei einen Bankomaten bedienen können. Sie werden bei der nächsten Wahl ihren Weg nach Hause finden. Dann hat HC die relative Mehrheit ...

Der kleine Werner hat sich im EU-SUPERMARKT verlaufen und ist bei der Kasse abzuholen. Seine Mutti aus Berlin hat ihm gesagt, sie würde beim Juncker-Ausgang auf ihn warten, und nun ist sie nicht da ...

Eine Bitte an die lieben Kärntner, die sich in Sachen ESC ,15 so fleißig als Location anbieten: Bitte bringt Euch die nächsten 30 Jahre mit NICHTS ins Spiel, das das Geld anderer Leute kostet. Danke.

Ist es eigentlich Absicht, dass wesentliche Vertreter der kleineren Regierungspartei mit einer gewissen Hartnäckigkeit im Zusammenhang mit den Gratulationen an Conchita Wurst immer auch den Namen Thomas Neuwirth strapazieren? Und wenn ja, welche könnte es sein?

Das Stockholm-Syndrom. Gruppendynamisches Phänomen, das bei einer Geiselnahme in Stockholm entstand, bei der sich die Geiseln mit dem Geiselnehmer solidarisierten. Nun müssen wir nicht mehr nach Skandinavien schauen, um derartiges zu beobachten. Ein Blick nach Graz genügt seit gestern auch.

Es ist an der Zeit, den Herrn Bundespräsidenten daran zu erinnern, was er uns bei der letzten Bundes-Regierungsbildung mit seiner Fixierung auf die Koalition von SPÖVP eingebrockt hat. Und welchen unerträglichen Persilschein er den Komfortzonen-Bewohnern, die seitdem versuchen, uns zu verwalten, ausgestellt hat. Und danach zu fragen, warum man seit einer Woche genau nix aus der Hofburg hört.

Kleine Statistik in der großen weiten Welt: in den 10 Jahren als Coach habe ich an die 500 Konflikt Situationen betreut. Dabei habe ich keinen einzigen Fall erlebt, wo die sogenannte ‚Schuld-

frage' zu 100% zu Lasten eines Konflikt Teilnehmers geklärt worden wäre ...

Kleines Parteien-ABC:
Die SPÖ: Marx minus Kreisky plus Faymann minus Hausverstand plus Häupl
Die ÖVP: Erwin minus Figl plus Spindelegger minus Hausverstand plus Vatikan
Die FPÖ: Drittes Reich plus Haider minus Akademiker plus Strache minus Anstand plus Hypo
Die Grünen: SPÖ minus Gewerkschaft plus Birkenstock minus Humor
Die Neos: ÖVP minus Vatikan plus Manchester minus Frauen plus Strolz
Team Stronach: Stronach minus Stronach plus Stronach minus Wähler

Nach meinen letzten FB-Polit-Frustereien *mein Ansatz, wie´s besser werden kann.*

1. *Rücktritt des gesamten etablierten Führungspersonals der beiden Regierungsparteien, insbesondere von Faymann, Spindelegger, Bures, Mikl-Leitner, Lopatka, Schieder. Liste NICHT vollständig. In beiden Parteien gibt es jeweils eine lange Liste von Leuten mit Herz und Hirn, die sich in den Katakomben aufhalten und die Köpfe nicht rausstrecken, weil sie ihre Jobs den Parteien verdanken. IHR seid nun gefragt, raus mit Euch aus den Kellern und ran an die Arbeit. (Ich nenne hier bewusst niemanden, um keinem zu schaden)*

2. *Einführung des Mehrheitswahlrechts mit gesicherten Chancen kleiner Parteien. Dazu gibt es bereits sehr kluge Konzepte von sehr klugen österreichischen Politikwissenschaftern. Diese Konzepte müssen raus aus den Laden und an die frische Luft.*

3. *Neuwahlen. Danach Regierungsbildung mit mindestens 3 (besser 4) Parteien, exkl. die Braunen.*

4. *Abschaffung der Bundesländer und Gründung von 5 Regional-Verwaltungen. West: Tirol, Vorarlberg. Mitte: Oberösterreich, Salzburg. Süd: Steiermark, Kärnten. Ost: Niederösterreich, Burgenland. Und Wien. Forcierung von kleinregionalen Strukturen bei gleichzeitiger Straffung der Verwaltungen.*

5. *EIN großer Wahltag alle 5 Jahre, an dem vom Nationalrat bis zu den Bezirksvertretungen alle Repräsentanten gewählt werden, um endlich das kleingeistige Feilschen um Zwischensiege abzustellen.*

6. *Abschaffung der Volkswahl des Bundespräsidenten. Er/Sie wird alle 5 Jahre von der Bundesversammlung gewählt. Spart Wahlkämpfe, Geld und reicht für das Amt.*

7. *Abschaffung des Bundesheeres und Zusammenlegung mit den Berufsfeuerwehren zu einer schlagkräftigen Katastrophen-Schutz-Einheit. Verkauf des gesamten Waffenarsenals und Investition der Erlöse in die Entwicklungs-Hilfe.*

8. *Verpflichtender Sozialdienst für Männer und Frauen ab 18. Dauer: 6 Monate*

9. *Sofortige Einführung der Gesamt-Schule so dicht und flächendeckend, dass sie für alle Interessierten wirklich verfügbar ist. Alle anderen Schultypen bleiben parallel*

erhalten. Wer das Gymnasium warum auch immer braucht, soll es kriegen.

10. Politische Bildung, Ethik- und Integrations-Unterricht als Pflichtfächer für alle ab 10 Jahren.

11. Steuer-Reform ab 1.1.2015. Arbeit soll sich lohnen, aber nur die eigene!
    Deshalb: Eingangs-Steuersatz 15% bei jährlich Euro 20.000,– dann 25% ab Euro 40.000,–, dann 35% ab Euro 60.000,–, dann 45% ab Euro 90.000,–, dann 50% ab Euro 130.000,– und dann 60% ab Euro 200.000,–
    Erbschafts-Steuer, Schenkungs-Steuer, Vermögens-Steuer wieder einführen.

12. Abschaffung der Zwangs-Mitgliedschaften bei Kammern.

13. Ein einziges Sozialversicherungs-System für wirklich alle und Abschaffung des entsprechenden Wildwuchses der diversen „Anstalten".

14. Unbedingte und sofortige Gleichstellung von allen Geschlechtern und sexuellen Orientierungen. Angefangen bei den staatsbürgerlichen Rechten und Pflichten bis zur Bezahlung.

15. Verbot sämtlicher Börsen-Spekulation mit Werten, die keinen realwirtschaftlichen Hintergrund haben.

16. Und bevor jemand auf blöde Assoziationen kommt: Unbedingtes Bekenntnis zur EU, zum Frieden, zur Gerechtigkeit und zur Toleranz.

Liste NICHT vollständig, bietet aber genug Arbeit für die nächsten 20 Jahre.

Herbert Mayrhofer.

Der Berti. Ausnahmsweise darf ich ihn so nennen, aber nur, weil der Opa das als einziger auch durfte. Sonst will der Berti lieber Herbert genannt werden.

Er hat mich bei der Begrüßung gleich ganz herzlich umarmt – „Lass Dich drücken" hat er gesagt und da ist mir aufgefallen, was für ein Riese der Berti ist. Seine Arme haben mich ganz fest umfangen und da hab ich auch sein recht respektables Bäuchlein gespürt. Dann hat er mein Gesicht in seine Hände genommen und mir einen Schmatz auf die Wange gedrückt und ich hab sein Gesicht gesehen. Kugelrund, mit kleinen blitzenden Äuglein drin und nach hinten frisiertem weißem Haar. Und die „Geheimrats-ecken" würde Opa sagen, also so kahle Stellen an der Stirn, die so einen Haarspitz verursachen.

Berti wohnt im Almtal mit seiner Frau. Im Almtal. Da war der Opa auch immer so gern. Obwohl es in Oberösterreich ist, aber weit genug weg von Linz und angenehm nah am Traunsee und natürlich auch dem Almsee und dem Kasberg, auf den er so gern gewandert ist.

Das Wohnzimmer vom Berti ist vollgeräumt mit Büchern. Nicht eines dabei, dessen Titel ich verstehe, lauter so wissenschaftliches Zeug, auf deutsch und auf englisch. Doch da, da gibt es ein Bücherregal mit „anständigen" Büchern, Romane, so wie´s aussieht. Das sind wahrschein-lich die Bücher, die seine Frau liest. Berti lacht. „Nicht dass

Du glaubst, ich lese die nicht auch, aber ich brauch die Wissenschaft wie einen Bissen Brot, das hält mich fit in der Birne und hilft mir, mit den „roten Falken" mitzuhalten, wenn die wieder einmal ihren Marx runterbeten."

Das hab ich mir gedacht. Genauso hat ihn mir der Opa immer beschrieben. Ein supergescheiter, intellektueller Typ, eisern in seiner sozialdemokratischen Gesinnung, butterweich ganz tief drin.

Der Berti ist im Leben vom Opa immer wie ein Bumerang gewesen. Er ist tatsächlich sein ältester Freund. Zwei Jahre älter, im Nebenhaus in der Ferihumerstraße aufgewachsen, im sogenannten „rosa Hochhaus", das auch heute noch auf der Hausnummer 50 steht, aber mittlerweile grün ist. Erstaunlicherweise hatten die beiden als Kinder fast keinen Kontakt, da waren die zwei Jahre Altersunterschied wohl zu viel, obwohl der Opa, wie er immer sagte, schon als Kind lieber die älteren Freunde hatte. Aber spätestens in der siebenten Gym haben die beiden zusammengefunden. Berti, weil er eine Ehrenrunde in seiner Schule gedreht hatte und auch, weil die beiden zur selben Zeit Schulsprecher in ihren jeweiligen Schulen waren. Obwohl ich die Geschichte schon auswendig kenne, bitte ich den Berti: „Bitte erzähl mir die Geschichte vom Schülervertreter-Ball!" Ich setze mein süßestes Lächeln auf und der runde Riese kann mir nicht widerstehen.

Der Berti hat sowas eh schon befürchtet und zum hunderttausendsten Mal erzählt er los.

„Aaaalso. Dein Opa und ich waren zur selben Zeit Schulsprecher. Ich schon damals ein strammer Roter, Dein Opa bei der Jungen ÖVP." Waaas? Der Opa war einmal ein Schwarzer? Das hat er mir aber schamhaft verschwiegen, der alte zornige Sozialdemokrat! Und der Berti sagt: „Na ja, was ist ihm anderes übriggeblieben, bei der strammen schwarzen Familie, in der er aufgewachsen ist. Aber ich darf mich heute noch rühmen, ihn auf den rechten Weg gebracht zu haben, nämlich nach links. Er war nur damals noch nicht ganz so weit. Aber die Mühlen der Gerechtigkeit mahlen langsam und unerbittlich." Hoffentlich hält er mir jetzt keine Vorlesung, denke ich leise. Und es geht weiter. „Der Landesschulrat hat alle oberösterreichischen Schulsprecher zu einem Seminar eingeladen. Zwei Tage in einem Jugendheim. Mit Besäufnis am Abend. Und in der alkoholgetränkten Stimmung hatten wir im wahrsten Sinn des Wortes eine Schnapsidee.

Wir veranstalten einen Ball der Schülervertreter Oberösterreichs. Und jeder Schulsprecher hat gleich losgelegt mit den aberwitzigsten Zusagen, wie viele Busladungen er zu dem Ball karren würde. Da musste dann natürlich auch das Brucknerhaus in Linz her, bei so vielen Leuten, mit denen wir Deppen gerechnet hatten! Und Dein Opa und ich haben die Organisation übernommen, ich mittendrin, weil ich als einziger schon großjährig war und Unterschriften leisten konnte. Dann haben wir Tombola-Preise gesammelt, in den Kellern unserer Wohnhäuser gelagert und in der Nacht sind wir mit dem Moped Deines Opas wild

Plakate kleben gefahren. Der Haken dabei: Unser Elan war nicht synchron mit dem Karten-Verkauf und am Abend des Balls sind wir mit langen Gesichtern im fast leeren Brucknerhaus gestanden und haben angefangen, uns zu fürchten. Ich natürlich am meisten – wegen meiner Unterschriften. Und unsere Mütter haben sich beim Einkaufen an der Kassa getroffen und sich angesudert, was die Buam wieder für ein Chaos angerichtet haben. Und da war der Kontakt zum Klassenfeind, den Dein Opa hatte, wirklich Gold wert. Der ist einfach in die ÖVP-Zentrale in Linz marschiert, hat im Stiegenhaus den Landes-Finanzreferenten angequatscht und tatsächlich hat das Land dann unsere Schulden übernommen! Da hab ich zum ersten und letzten Mal in meinem Leben die ÖVP ganz OK gefunden, Deinen Opa sowieso.

Und dann haben wir maturiert, Dein Opa ist zum Bundesheer und ich nach Wien studieren. Politikwissenschaft und Publizistik. Kurz bevor Dein Opa mit dem Heer fertig war, haben wir uns in einem Linzer Kaffeehaus getroffen und ich hab Deinen Opa angesteckt: Mit der Idee, auch Politikwissenschaft und Publizistik zu studieren. Er war sofort voll drauf bei dem Gedanken.

Und im Herbst 1977 sind wir dann im BMW Deines Opas – vollgepackt bis zum Dach – nach Wien gefahren. Der Opa in seine kleine Studentenbude, ich ins Studentenheim. Er hatte im

9. Bezirk eine kleine Altbauwohnung – eine Oase der Gemütlichkeit. Dein Opa hat immer so gerne gewohnt.

Und ich hab ihn buchstäblich bei der Hand genommen und ihm bei den ganzen Inskriptions-Formalitäten geholfen. Welche Vorlesungen gut sind, welche Professoren passen, wie halt alles sein soll für einen Studien-Anfänger. Und es hat sich ausgezahlt. Ganz schnell hat er sich dann beim Studium zurechtgefunden und ist mit jedem Semester immer weiter nach links gerückt. Ich selber war nach 6 Semestern schon sehr weit mit meiner Diss und dann ist mir der Faden gerissen. Ich hatte immer spannende Jobs während des Studiums und bin dann in der Arbeit hängen geblieben. Dein Opa hatte bei seiner Diss drei Anläufe gebraucht und irgendwann ging´s dann Schlag auf Schlag. Er hatte viel Zeit verloren, weil sein Papa drei Schlaganfälle hatte und er sich um die Familie in Linz kümmern musste und da war zur gleichen Zeit auch seine Nieren-Operation, alles Scheiße zu der Zeit. Und irgendwann hat er dann Vollgas gegeben und in neun Monaten seine Diss rausgewürgt.

Als Dr. Sonnberger – Politologe – war er dann planmäßig arbeitslos und ist aus Notwehr in die Werbung gegangen. Ich bin im Marketing gelandet und hab eine steile Karriere als Vorstand eines dot.com-Unternehmens hingelegt.
Da haben wir uns selten gesehen, in der Zeit.
Ich hab dann meine große berufliche Liebe gefunden – das Unterrichten. Bin Professor geworden an der FH in Steyr und zu der Zeit hatten Dein Opa und ich wieder mehr Kontakt.

Es war immer ganz leicht, den Faden wieder weiterzuspinnen mit ihm. Ich hab ihm dann den entscheidenden Tipp gegeben, welchen Anwalt er nehmen soll, damit er heil aus der Agentur rauskommt. Und dann ist er Coach geworden – das war seine ewige Berufung, hat zu ihm gepasst, als hätte er ein Leben lang darauf gewartet. Wir haben sogar ein paar Projekte miteinander gemacht und waren ein sehr gutes Duo. Ich weiß, ich hab ihn mit meiner Neugier manchmal schrecklich genervt. Er war eine unerschöpfliche Quelle von Coaching-Tools, aber ich wollte halt immer genau wissen, woher er das alles hat und das ist ihm fürchterlich auf die Nerven gegangen.

Aber wir konnten mit Leidenschaft politisieren – schon lange aus der gleichen Ideologie heraus – und er war immer ein besonders zorniges politisches Tier. Auch unser Privatleben haben wir nicht ausgelassen. Ich weiß bis heute noch, als er am Ende seiner Ehe mit Barbara bei einem unserer Treffen in seinem Büro plötzlich ein Lied vom Wolf Biermann gesungen hat:

„Das kann doch nicht alles gewesen sein – das bisschen Fernsehen und Kinderschrein, da muss doch noch irgendwas kommen!". Da bin ich aufgesprungen und hab ihn geküsst.

Und noch was: wir haben seit Jahrzehnten unser Weihnachts-Ritual.

Dein Opa liebt Rituale!

Am 24.12. stehen wir beide jedes Jahr in unseren weit entfernten Küchen und braten unsere Weihnachtsgänse.

Also genau genommen: Der Opa immer eine Gans, ich ab und zu auch einen Truthahn. Und wenn die Vögel in den Rohren schmurgeln, rufen wir uns immer an und besprechen den Gang der Dinge. Dabei blödeln wir immer, dass sich die Balken biegen, vielleicht auch deshalb, weil wir uns mit den Bratgeiern immer auch eine Flasche Rotwein teilen und das ist doch gesund fürs Herzerl! Bei so einer Gelegenheit ist uns einmal eine Super-Blödelei gelungen. Dein Opa hat einmal die Gans in der Florianigasse gebraten und dann zerlegt in die Lerchenfelderstraße gebracht, wo damals die Barbara wohnte, damit die Familie nach der Trennung dort die Gans zelebrieren kann. Als er mir das in der Küchenkonferenz am 24.12. erzählte, hab ich spontan gesagt: „Aha, jetzt weiß ich endlich, woher der Begriff Gänsemarsch kommt!" Dein Opa war ein großer Blödel-Partner, er hat das Sinnlos-Lustige über alles geliebt und ich war immer sein bevorzugter Spielkamerad dabei.

Wie bei uns schon üblich, waren in all den Jahren immer wieder Kommunikations-Karenzen eingebaut, aber seit er in der Pense ist, hat er doch endlich immer wieder den Weg ins Almtal geschafft und sogar mich zum Wandern gebracht. Dabei haben wir so gern das Zeitgeschehen durch den Kakao gezogen und haben damit gehadert, dass wir beide es schon so lange besser wüssten und uns keiner fragt.

Dass wir es aber bis heute nicht geschafft haben, gemeinsam ein wirklich gutes Buch zu schreiben, ist ein Jammer!"

OO.

Heute vor 10 Jahren erhielt ich mein Diplom als Business Coach. Die Abschluss-Prüfung bestand aus einem Live-Coaching, für das sich mein wunderbarer Freund Walter Zinggl zur Verfügung stellte. Danke Walter! Und danke allen, die mich durch ihr Vertrauen zu dem werden ließen, der ich immer sein wollte.

- 10 Jahre
- 3000 betreute Führungskräfte inkl. deren Teams
- mindestens 500 Nächte in vier verschiedenen Ländern und Dutzenden Hotels
- 7 Air Berlin Gold Cards
- mindestens 100 großartige Menschen, die zu Freunden wurden
- 4 Büro-Adressen
- 1 Scheidung
- 1 Hochzeit (in dieser Reihenfolge :-))
- unendlich viel Lust am Arbeiten
- noch mehr Freude am Leben
- 50% mehr graue Haare bei 100% mehr Glatze
- 3 wunderbare Kids, die ihren Weg gefunden haben
- ein immer noch unfertiges Buch, das heuer unbedingt fertig wird
- ein echt geiles Führungs-Seminar
- ganz viel Vorfreude auf die nächsten 10 Jahre

Jörgen Manstein.

Es war einmal ein edler Ritter, der kam auf einem weißen Pferd geritten und rettete die Welt.

Wenn ich Jörgen Manstein gegenübersitze, fällt mir diese Märchenzeile ein. DER Jörgen, der für Opa seit ich denken kann, DIE Instanz in seinem Leben gewesen ist. „Opa, was ist eine Instanz?" habe ich ihn damals gefragt, als er seinen Jörgen mir gegenüber einmal so bezeichnet hat. Und Opa hat gesagt: „Eine Instanz ist jemand, ohne dessen Meinung Du keinen wichtigen Schritt in Deinem Leben setzen solltest. Das ist der Jörgen für mich."

Und jetzt habe ich es geschafft. Ein Termin mit Jörgen. Wir sitzen im Café Landtmann, an „seinem" Tisch und der Ober redet ihn respektvoll mit Herr Senator an. Ich habe keine Ahnung, was ein Senator ist, also frage ich ihn als erstes gleich einmal danach.

Jörgen räuspert sich, wirkt ein bisschen verlegen und sagt: „Ich bin vor 20 Jahren Ehrensenator der Universität Wien geworden. Ein paar Freunde fanden, dass ich in meinem Leben so viele kluge Worte gesprochen und geschrieben habe, dass es an der Zeit ist, mir diesen Titel umzuhängen. Ich habe mich immer vor falschem Stolz gehütet, aber diese Auszeichnung trage ich wirklich mit großer Freude."

„Du bist also die Enkelin von meinem Buben. Lass Dich einmal anschauen." Und er streckt seine gepflegten Hände in Richtung mein Gesicht aus und da merke ich, dass er durch die dicken Brillengläser nicht mehr gut sieht. Kein Wunder, er ist 97 Jahre alt. Soweit ich das in meinem Alter beurteilen kann, sieht er aber viel jünger aus und bei dem Gedanken muss ich innerlich kichern, weil wie jung kann ein so alter Herr eigentlich ausschauen? Aber ganz ehrlich, der Jörgen ist einer, der auf sein Aussehen achtet. Schönes gestreiftes Hemd, dunkle Jacke und: er trägt eine karierte Golf-Hose! Ich bin ein bissi schüchtern ihm gegenüber und weiß nicht, ob ich ihn duzen darf, so wie die anderen Freunde auch. Noch bevor ich herumdrucksen kann, nimmt er mir die Scheu und sagt: „Bevor Du Dich jetzt drehst und windest, ich bin der Jörgen! Weißt Du, seit meine Augen nicht mehr so mitmachen, kann ich viel besser sehen. Und vielleicht hast Du Dich auch schon gefragt, warum ich Deinen Opa meinen Buben genannt habe. Dein Opa ist mein Bub, obwohl er nur 14 Jahre jünger ist, als ich. Ich war zwar schon mit 14 ein toller Hecht, aber soviel ich weiß, hab ich aus der Zeit keine Kinder." Und er setzt ein entwaffnend charmantes Lächeln auf, wo ich mir vorstellen kann, dass die eine oder andere Dame sehr liebevolle Reaktionen gehabt haben muss. „Dein Opa hat bei mir immer väterliche Gefühle ausgelöst. Vielleicht auch deshalb, weil er die bei mir abholen wollte. Ich kenne seine Familiengeschichte und das Thema Vater war immer ein wichtiges für ihn. Weil sein Vater schwierig war und er selbst, wie er es immer zu bezeichnen pflegte, keine Blaupause für das Vater-Sein hatte. Aber gleichzeitig war Dein Opa auch für mich immer eine Art Instanz.

Ich habe ihn für einen der gescheitesten Menschen gehalten und ich habe den Eindruck, er mich auch. Und bei all der Seelen-Verwandtschaft zwischen ihm und mir ist es kein Wunder, dass wir uns auf einem Gebiet ganz besonders ähnlich sind: Wir haben immer für die Menschen in unserer Umgebung ganz besonders gute Ratschläge vorrätig gehabt, aber wenn es um uns selbst ging, brauchten wir beide immer wieder Hilfe von außen. Und dieses „Außen" waren wir füreinander, grade weil wir so sehr im Innen eines gemeinsamen Kreises sind. Dein Opa hätte mit dieser Formulierung sicher eine große Freude, weil er hat sich gern mit dem Gesetz der Polarität beschäftigt. Ich vermisse seine Stimme so sehr, auch das im übertragenen Sinn – denn wenn er seine Stimme erhob, haben viele ihm ihre Aufmerksamkeit geschenkt. Und ich darf mit berechtigtem Stolz sagen, dass ich ihm in meinen Medien immer gerne dafür Raum geboten habe.

Ich habe Deinen Opa im Jahr 1985 kennengelernt. Damals war er einer der aufstrebenden Sterne am österreichischen Werberhimmel und zuerst hab ich ihn nur vom Hörensagen gekannt. Dann – bei einer Branchenveranstaltung – wurde er mir vorgestellt und es war wie ein Wiedersehen nach langer Abwesenheit. Dein Opa hat eine schillernde Karriere hingelegt – wobei „schillernd" gar nicht der richtige Ausdruck ist. Er war nämlich einer der Stillen in der glitzernden Werbebranche, ist nie durch irgendwelche Skandale aufgefallen. Genau das hat ihn wahrscheinlich auch am endgültigen Durchbruch gehindert. Er war zu

nachdenklich. Alle seine Schritte hat er mit mir vorbespro-
chen und ich erinnere mich noch als wäre es gestern, wie
aufgeregt er war, als er mir von seinem Plan des Manage-
ment-Buy-Out bei der Lintas erzählte. Selbstverständlich
habe ich diese Sensation mit gebührender medialer Beglei-
tung unterstützt – da war ich richtig stolz auf ihn. Ich war
es aber auch, der ihm als erster gespiegelt hat, dass er in
der BBDO nicht mehr an seine Glanzzeiten anschließen
konnte. Und er hat es traurig, aber bestätigend zur Kenntnis
genommen. So wie ich sein Spiegel war, war er es auch für
mich. Ich habe diese Gnade immer besonders hervorge-
hoben. Er konnte – ohne erhobenen Zeigefinger – den
Menschen in seiner Umgebung einen Spiegel vorhalten.
Und aus dieser vermittelten Selbsterkenntnis haben wir
alle viel profitiert. Was ihm immer fehlte, war der taktische
Killer-Instinkt. So sehr ich dieses scheinbare Defizit an ihm
mochte, so oft habe ich darunter gelitten, wenn ich zusehen
musste, wie andere – viel weniger Intelligente – ihm das
Wasser abgegraben haben.

Dein Opa ist mein Freund, mein Bruder und mein gefühlter
Sohn. Und ich war und bin für ihn die verwandte Seele, der
Lotse, der Mutmacher, der Tröster, die starke Schulter, an
die er sich anlehnen konnte, wenn er wieder einmal zu
sehr seine Batterie überfordert hatte.

Das war so, als er den Schritt ins Coaching machte, da hat
er mich als eine der drei wichtigsten Figuren auf seinem
Schachbrett bezeichnet. Und ich konnte ihn aus einer
tiefen Krise herausführen, als es ihm persönlich und wirt-

schaftlich schlecht ging und er mit großer Scham von seinem bevorstehenden Scheitern erzählte.

Dein Opa war immer ein sehr erwachsenes Kind, das so gerne gespielt hätte und sich immer wieder den Weg ans Licht verstellte, weil er im entscheidenden Moment ins Grübeln verfallen ist. Ich habe ihn in den schwarzen Löchern der Depression erlebt und manchmal hat es mich auch gehörige Überwindung gekostet, den Zorn über seine scheinbar völlig unberechtigte Niedergeschlagenheit umzuwenden in liebevolles Verständnis für einen Menschen, der sich selbst manchmal so lieblos behandelt hat.

Zugleich konnte er kämpfen für Toleranz, für Menschlichkeit, für Gerechtigkeit – oft aber mit unpassenden Waffen und zur falschen Zeit. Dein Opa ist ein Don Quichote, aufrecht, ausdauernd und oft am Abgrund des Scheiterns entlang schwankend.

Dafür habe ich ihn geliebt und liebe ihn immer noch und ich ahne – was heißt ahne – ich weiß, was sich in seinem vom Blitz gestreiften Hirn heute abspielt.

So wie wir über all die Jahrzehnte immer genau wussten, was im anderen vorgeht und uns ungezählte Male angerufen haben – genau in dem Moment, wo der eine an den anderen dachte."

Jörgen nimmt meine Hände in seine und fixiert mich mit seinem Blick.

Da spüre ich das stumme Ausrufezeichen in seinem Gesicht und kann mir vorstellen, wie er sein ganzes Leben

lang die Zentral-Figuren aus Wirtschaft, Politik und Publizistik beeindruckt hat. Und wie er für meinen Opa zu der
zentralen Figur geworden ist, die er durch alle Jahre
geblieben ist. Die Instanz.

Er ruft den Ober, verlangt nach der Rechnung und seiner
Eskorte.

Zuerst weiß ich nicht, was er damit meint, dann erscheint
ein junger Kellner, Jörgen hakt sich bei ihm unter, nimmt
Haltung an und fordert mich auf, ihn zu begleiten. Der
Kellner manövriert ihn durch die Stuhlreihen nach
draußen, vor den Eingang, wo sein Chauffeur wartet, der in
das nun folgende Ritual routiniert einsteigt: Er eilt herbei,
nimmt eine Schachtel Zigaretten aus der Brust-Tasche, mit
schlafwandlerischer Sicherheit nimmt Jörgen eine heraus,
zwinkert mir zu und sagt: „Komm, jetzt rauchen wir eine!"

OO.

Die österreichische Sozialdemokratie ist unter jedes befürchtbare Niveau gesunken. Ein Bundeskanzler, der weder intellektuell noch pragmatisch erfasst, worum es geht oder gehen sollte. Mit Cap und Gusenbauer zwei Repräsentanten eines ätzenden Zynismus, der an der realen Verachtung aller Grundwerte entlangschrammt. Wer gestern das Gusenbauer-Interview gesehen hat, muss sich krümmen vor Scham und Ekel über die Fußtritte, die dieser Mann den kümmerlichen Resten von Ethik und Moral vor laufender Kamera versetzt. Schämt Euch, Ihr widerlichen Nutznießer peinlicher Spurenelemente vergangener Bedeutung!

3 Fragen an Josef Cap:
Ist Dir schon aufgefallen, dass die SPÖ keine absolute Mehrheit mehr hat?
Hat Dir noch nie jemand gesagt, dass Du den Menschen mit Deiner zynischen intellektuellen Wort-Akrobatik nur noch am Arsch vorbeigehst?
Könntest Du auf Deine alten Tage noch versuchen zu lernen, einfache Fragen einfach zu beantworten?

Führen heißt Anführen und nicht Durchführen. *Führen heißt Ziele haben und vorgeben und nicht Sprecher der Geführten sein. Führen heißt Kapitänsbrücke und nicht Maschinenraum. Führen ist Mut für das Notwendige und nicht Angst vor der Veränderung. „Leadership is all about compasses, not roadmaps." (Warren Bennis). Faymann: Komplette und durchgängige Fehlanzeige.*

Wenn es ganz *oben keine Leadership gibt, dann wird der Ruf nach einem „Führer" laut.*

Die FPÖ ist *die eitrige Akne des politischen Systems in Österreich. Sie zeigt, dass der Stoffwechsel dieses Systems in seiner Substanz krank ist.*

Die große Halle *von Ellis Island vor New York. Jedes Mal, wenn ich in NY bin, muss ich nach Ellis Island, weil ich immer wieder neu überwältigt bin von diesem Symbol der Einwanderung in das „Land der unbegrenzten Möglichkeiten". Bis 1954 war die vorgelagerte Insel der erste Anlaufpunkt für alle, die per Schiff nach Amerika gefahren sind. Dort wurden sie auf Krankheiten untersucht, politisch gecheckt UND: Alle Einwanderer brauchten einen Bürgen, der dafür grade stand, dass sie Unterkunft und ein erstes Auskommen hatten. In der Reagan-Ära wurde das völlig heruntergekommene Areal aufwändig renoviert und zu einem nationalen Symbolplatz aufgewertet. In einer Serie von Interviews mit noch lebenden Einwanderern wurde dokumentiert, wie es um die Jahrhundertwende vom 19. auf das 20. Jhdt. zuging. Daraus entstanden berührende, herzzerreißende Tondokumente. Zum Beispiel von einer hörbar sehr alten Dame, die als 3-Jährige mit ihrer Mama und Geschwistern aus Neapel per Schiff nach Amerika kam. Der Papa war noch vor ihrer Geburt nach Amerika ausgewandert und hatte dort einen Job gefunden und eine Existenz aufgebaut. Nun waren die Mama und die Kinder nachgekommen. Und an einem Ende der Halle standen die Abholer und am anderen die*

Immigranten. Die alte Dame erzählt, dass sie am anderen Ende einen attraktiven Mann mit Hut und Schnauzbart gesehen hat und sich so sehr gewünscht hat, das wäre ihr Papa. Und als sie das Signal bekommen, aufeinander zugehen zu dürfen, läuft genau dieser Mann auf sie zu, nimmt sie hoch und lässt sie nicht mehr aus seinen Armen. Vielleicht ist diese Geschichte eine Hilfe für all jene, die den heutigen männlichen Flüchtlingen vorwerfen, sie wären feige Kerle, die ihre Familien im Stich lassen. Und vielleicht hilft es all jenen, die eine solche Meinung unerträglich finden, wenn man auf Ellis Island eine eigens gestaltete Abteilung sieht, in der der Fremdenhass der schon Eingewanderten und ihre Ängste um ihre mühsam errungenen Arbeitsplätze dokumentiert werden. Es war schon immer so und es darf kein Ende der Bemühungen aller Aufrechten geben, dagegen anzudenken und anzuarbeiten.

Gerd Friedrich.

Bei meinem Besuch bei der Salzburg-Oma überrascht mich die Oma wieder einmal mit einem ganz unerwarteten Tipp: Ich soll doch noch drei Stunden weiter mit dem Zug fahren und einen ganz besonderen Menschen besuchen. Opas Cousin Gerd. Oma sagt: „Wenn einer Deinen Opa durchschaut hat, dann er. Er kennt den Opa schon seit seiner Geburt und – eine ganz besondere Quelle – er kann Dir auch was über Opas Eltern erzählen. Dein Opa hat immer gesagt, dass der Gerd und sein Bruder Peter – Peter ganz besonders – die Präsidenten meines Fan-Clubs waren. Soviel ich weiß, ist Peter bis zu seinem Tod auch wirklich der Ehrenpräsident meines Fan-Clubs geblieben. Gerd hat sich mir gegenüber immer sehr fair und liebenswürdig benommen. Wie der Opa aber seine dritte Frau geheiratet hat (die Oma kennt ja den Kosenamen Tango-Oma nicht, den wir ihr gegeben haben) hat Gerd das Lager gewechselt und ist seitdem Präsident des Gabi-Fan-Clubs. Na gut, ich bin nicht neidig, so hat jeder seiner Cousins eine eigene Voll-Präsidentschaft."

Jetzt bin ich durch Omas Ansagen gleich noch viel neugieriger geworden und ich checke mit meiner Mama, ob ich ein bissi länger wegbleiben darf. Die Mama ist – eh wie immer – ein bissi skeptisch, ob der Grund, den ich angebe, auch der wirklich und voll wahre wahre ist. Ich spiele den Ball zur Oma weiter, die fragt die Mama, ob sie ein bissi deppat ist, die Mama fragt zurück, ob sich die Oma an ihre eigene Mama-Zeit erinnern kann, dann hält die Oma ein bissi die Luft an, dann müssen beide lachen und die Oma bringt mich zum Zug. Wohin eigentlich?

Die Oma sagt: nach Memmingen. Das ist in Bayern und da lebt mein Groß-Groß-Cousin Gerd mit seiner Frau. Oma erzählt mir noch das Nötigste: Gerd war ein sehr erfolgreicher Neurologe und Psychiater, hatte eine Praxis in Memmingen und lebt auch nach seiner Pensionierung dort. In einem Haus mit Garten. Und: Gerd ist jetzt 97 Jahre alt. Das ist alles, was meine Oma noch über ihn weiß. Na, das kann was werden. Aber nach der Erfahrung mit Jörgen Manstein, der fast genauso alt ist, kann ich mich ja auch genausogut auf ein spannendes Treffen einstellen.

Erste Überraschung schon am Bahnhof in Memmingen: Da steht ein ca. 60-jähriger Mann am Bahnsteig, hält eine Tafel mit meinem Namen drauf in der Hand und nimmt mir gleich meine Tasche ab. Er sagt: „Fräulein (bist Du deppat, er sagt echt Fräulein zu mir!), ich bin der Josef. Ihr Onkel (der Gerd ist nicht mein Onkel, aber auch schon egal) hat mich gebeten, Sie hier abzuholen und zu ihm nach Hause zu bringen. Draußen steht mein Taxi, Sie können mir vertrauen." Und Josef bringt mich zu seinem Taxi – ein alter Mercedes – und auf der Fahrt zu Gerd erzählt er mir, dass der Gerd – er sagt immer „Der Doktor" – ihn vor vielen Jahren noch als Facharzt von einem Nervenleiden geheilt hat und er seitdem immer wieder kleine Hilfsdienste für den Doktor leistet.

Wir sind da. Die Haustür geht auf und da steht nicht Gerd, sondern eine resolute Dame um die 60 mit einer Küchenschürze umgebunden. Ich bin die Hildegard, sagt sie, ich passe gut auf den Doktor und seine liebe Frau auf. Und Du musst Laura sein!

Da höre ich ein kleines polterndes Geräusch und um die Ecke biegt ein kleines dünnes Männchen, schiebt eine Gehhilfe – Rollator nennt man das, wie mir die wilde Hilde später erklärt – schaut über den Brillenrand einer dicken Brille mit braunem Rahmen und mit einer tiefen, kratzigen Stimme sagt das Männchen: „Hat Dich mein Regiments-Kommandant schon wieder vor mir abgefangen. Dabei war ich doch mit meinem Boliden schon in den Startlöchern, um Dich persönlich in Empfang zu nehmen." Und seine Augen blitzen und mit Windeseile düst er an mich heran, lässt den Rollator auf dem letzten halben Meter mit einem Schubs seitwärts wegfahren und geht ein bissi wackelig auf mich zu, um mich zu umarmen. Ich bin etwa einen halben Kopf größer als er, aber der Druck seiner Arme um meine Hüften gibt mir das Gefühl, einem ausgewachsenen Lackel zu begegnen.

Dann kommt die Ansage, die ich schon tausend Mal gehört habe und die ich mir von einem 97-jährigen mit Turbo-Rollator ausnahmsweise gefallen lasse: „Du schaust ja wirklich ganz wie Deine Mama aus! Aber: Du könntest ja durchaus hässlichere Vorlagen erwischt haben." Das hat noch keiner jemals zu mir gesagt, das lass ich jetzt aber gelten und werde es mir merken.

Schwupps, schnappt sich Gerd seinen Rollator wieder, wendet den Boliden und sagt – schon im Gehen Richtung Wohnzimmer: „Komm mit, Schönheit, der Kommandant hat eine kleine Jause vorbereitet. Ich hoffe, Dir schmeckt unser Espresso. Ich darf ihn ja seit einem Jahr nicht mehr in der vollen Ladung haben, muss ihn ohne Koffein schlabbern, aber ab und zu gönnt mir der Dragoner eine Mischung, an der sie eventuell eine halbe Bohne entlanggezogen hat." Und dabei blinzelt er verschwörerisch zur Seite, wohl wissend, dass Hilde ihn eh die ganze Zeit gehört hat. Ich schau zu Hilde rüber und die macht nur eine wegwerfende Handbewegung, so auf die Art: Ja lass ihn nur, den alten Stänkerer, meine Stunde kommt noch – jeden Tag – und dann wird er froh sein, wenn ich ihm aus der Hose helfe und seinen müden Rücken massiere. Ich frage Gerd: Wo ist denn Deine Frau? Und er: „Die hab ich in ihre Weiber-Runde geschickt, heute geht's ans Eingemachte und da will ich Dich ganz für mich alleine." Hilde flüstert mir zu, dass Margaret beim Physiotherapeuten ist und in spätestens zwei Stunden eh wieder da sein wird. Ich werde sie sicher noch kennenlernen.

Im Wohnzimmer lässt sich Gerd in ein Fauteuil plumpsen, ruckelt sich zurecht und versinkt fast in der dicken Polsterung. „Ja, sagt er, seit ein paar Jahren nehme ich nicht mehr zu und weil ich doch mit dem Turbo-Gerät meine Marathons ziehe, bin ich ein richtig schlanker Jüngling geworden. Würde Deinem Opa auch nicht schaden, kannst es ihm ruhig von seinem Stuben-Ältesten ausrichten." Ich erzähle ihm den letzten Stand der Opa-Dinge und da legt Gerd seine Augenbrauen schief und unterbricht mich: „Sag ihm, das ist alles ein Scheiß. Er hat sich da in ein Schneckenhaus zurückgezogen und er soll gefälligst schleunigst seinen Hintern in Bewegung setzen und an die frische Luft bringen, sonst kriegt er von mir einen ordentlichen Tritt in denselbigen. Sag es ihm. Du wirst noch an mich denken."

Na bumm, der gibt aber Gas.

„Erzähl mir was von meinem Opa, Gerd, ich glaube, Du hast da was auf Lager."

„Also gut, sagt Gerd, und dieses also gut wird er regelmäßig ins Gespräch einwerfen, also gut.

Ich fange aber nicht mit Deinem Opa an, sondern mit seinen Eltern. Wer – außer mir – kann Dir denn über die noch was erzählen. Ich weiß, wie es damals war, als Dein Urgroßvater, mein Onkel Hannes Deine Urgroßmutter kennenlernte." Da werfe ich ein: „Das müssen die sein, die mein Onkel Paul und die Mama Linzer-Opa und Linzer-Oma genannt haben!"

„Ja, das sind ganz sicher die. Der Vater Deines Opas, mein Onkel Hannes, war einer der gutherzigsten und sensibelsten Menschen, die mir je begegnet sind. Er hätte eigentlich jedes Talent zum Künstler gehabt. Er konnte Klavierspielen ohne je eine Note lesen zu können, er konnte wunderbar zeichnen und er hatte eine Schrift, wo Du jeden Buchstaben in ein Quadrat einschreiben hättest können. Wahrscheinlich, weil er Linkshänder war und in der Schule auf Rechtshänder umgezwungen worden ist. Und was ist er geworden? Direktor einer Baumaschinen-Firma. Und Alkoholiker. Ein ganz und gar unglücklicher Mensch. Und – ganz ehrlich – dass er Alkoholiker war, hat mir Dein Opa schon als 12-jähriger gesagt und wir alle haben es ihm nicht geglaubt. Ist mir heute ein bisschen peinlich, aber der Hannes – und da meine ich jetzt den Linzer-Opa – hat uns mit begnadetem Theaterspiel immer eine heile Welt vorge-gaukelt. Und wir wollten auch nicht so gerne hinschauen. Die Linzer-Oma war nämlich eine ganz besondere Frau. Bildschön, sehr attraktiv, eine in jeder Hinsicht lebendige Frau. Die aber eine ganz schwere Kindheit hatte und ihr Leben lang die Liebe ihrer Eltern gesucht und vermisst hat. Und da hat sie halt eine – scheinbare – Vaterfigur gehei-ratet, der selber am liebsten eine Mama geheiratet hätte. Kannst Du mir folgen?" Ich bin grade ein bissi sprachlos, aber ich sage ganz schnell „ja", damit er den Faden nicht verliert. Und Gerd setzt fort: „Da haben zwei ganz unglück-liche Menschen sich gegenseitig noch unglücklicher gemacht. Und zwei Söhne in die Welt gesetzt. Die haben dann eine gute Portion der Suppe ausgelöffelt.

Als Dein Opa mit 20 Jahren eine Nierenoperation hatte (die wäre aus heutiger Sicht längst vermeidbar gewesen, ich lese immer noch die Fachzeitungen – bzw. der Dragoner muss sie mir vorlesen, haha!), also gut: als Dein Opa seine Operation hatte, da hat die Lisl – die Linzer-Oma – mich tage- und nächtelang angerufen, weil sie glaubte, er hätte Krebs und ich hätte mit ihm eine Verschwörung besprochen, um ihr diese Tatsache zu verheimlichen. Da ging´s schon ziemlich los, auch mit ihrem Alkohol-Konsum. Und wir haben es irgendwie nicht richtig erkannt. Erst, als 14 Tage nach der Nierenoperation Deines Opas der Linzer-Opa den ersten von drei Schlaganfällen hatte, da ist ein Stromschlag in uns reingefahren. Da waren wir dann alle hellwach.

Dein Opa hat dann in Windeseile versucht, die Finanzen seiner Eltern in Ordnung zu bringen, während sein Vater im Krankenhaus lag und seine Mutter nur noch ein Häufchen Elend war.

Dann hat er es geschafft, die Frühpensionierung vom Hannes durchzusetzen und fürs erste sah alles danach nach geordneten Verhältnissen aus. Und wir haben uns alle mächtig gefreut, wie Dein Opa dann sein Studium abgeschlossen hat und einen guten Job fand. Dann der nächste Schock: Dein Opa lädt uns zu seiner Hochzeit ein. Und ich denke, ich sehe nicht recht. Er hat doch glatt eine Frau zum Altar geführt, die vom Typ genau seiner eigenen Mutter entsprach!

Alles hätte ich ihm an diesem Tag sagen können, aber das nicht! Ich habe am ersten Tag seiner Ehe das Ende gesehen. Und dass seine Eltern wieder beide an den Flaschen hingen und nach ein paar weiteren Jahren schließlich beide daran gestorben sind.

Pünktlich nach weniger als fünf Jahren war die erste Ehe Deines Opas ein Schrotthaufen und es gab Lisa. Dann hat er ein Jahr nach seiner Scheidung Barbara geheiratet und wir alle haben sie für eine Heilige gehalten, die den seelischen Bankrotteur wieder in ein ordentliches Leben führt, ihm dann zwei wunderbare Kinder schenkt und immer voller Geduld seine Marotten erträgt. Bis zu dem Tag, als der Hannes mich anrief und mir einen bescheuerten Vorschlag machte, den ich Depp auch noch angenommen hatte. Ich war zu dieser Zeit schon in Rente und ziemlich frisch in der Birne. Hannes wollte mit mir klären, ob er seine Ehe mit Barbara fortsetzen soll, weil sie sich als Mann und Frau in eine Team-Situation bewegt hatten, aber kein Paar mehr wären. Und er meinte, ich würde ihn ja schon seit Geburt kennen, er könnte sich bei mir das Erzählen seiner Lebensgeschichte sparen und wir könnten gleich zur Sache kommen. Er war drei Tage bei mir in Memmingen und saß genau an der Stelle, wo Du jetzt sitzt. Und ich hab ihn ordentlich abgeklopft, meinte, seine Ansprüche ans Leben und seine Beziehung wären narzisstisch – was ich ubrigens heute noch glaube – und – da bin ich dann wohl falsch abgebogen: Ich wollte seine Ehe retten, schließlich war ich ja mindestens Vize-Präsident des Barbara-Fan-Clubs.

Das war natürlich ein Mords-Fehler. Erstens, weil wir´s so nicht ausgemacht hatten und zweitens, weil es ohnehin ein Blödsinn war. Wir haben uns befetzt, dass die Schwarte gekracht hat und nach drei Tagen waren wir fix und fertig. Und jetzt kommts: Dieses Erlebnis hat uns zusammengeschweißt wie Pech und Schwefel. Wir haben beide kapiert, was wir füreinander sind und daran hat sich bis heute nichts geändert. Seitdem haben wir einen Radar füreinander und immer wieder kommt es vor, dass der eine zum Telefon greift, während der andere ihn grade anrufen will.

Als Hannes dann – ein paar Jahre später – mit Gabi zu uns nach Memmingen kam, war es, als würde ein schwerer bleierner Vorhang hochgezogen werden. Wir haben Gabi vom ersten Moment an gemocht und in unsere Herzen geschlossen."

„Jetzt nicht!" Gerd versucht sich aus den Pölstern zu wühlen, weil er gemerkt hat, wie sich Hilde von hinten anpirscht, um ihm den Blutdruck zu messen. Er verschränkt die Arme vor seiner Brust und sagt – weil er weiß, dass er keine Chance hat: „Also gut. Wir machen schnell den Dragoner-Test und dann geht´s weiter." Hilde misst ihm an der Spitze des rechten Zeigefingers den Blutdruck, macht ein Daumen-oben-Zeichen und gibt Gerd wieder frei.

„Hätte ich auch so gewusst – knurrt er. Also gut. Wo waren wir? Ach ja, bei Gabis Eintritt in unser Leben. Für den Hannes war das ein rechter Segen. Keine Krankenschwester, keine Anhimmelung, sondern eine Frau! Seine Frau. Und er ihr Mann. Wir waren bei ihrer Hochzeit und haben gesehen, wie sich das Patchwork zusammenschließt, wie zwei sich gefunden haben, die einfach zusammengehören. Die beiden haben dann doch so viele gute Jahre miteinander gehabt, sogar ihre Bücher haben sie veröffentlicht. Also gut, meine kritischen Anmerkungen zu seinen

Büchern hat der Hannes leider nur teilweise verarbeitet, sie sind trotzdem recht lesenswert geworden. Und jetzt sag ihm einen schönen Gruß, der Swoboda ist sauer auf ihn und will seinen Hosenseidl wieder haben. Er wird sich schon auskennen, der alte Simulant."

Ende der 7oer Jahre. *Ein Haufen Studenten heuert beim Wiener Telekabel an, um klinkenputzend die Segnungen des Kabelfernsehens zu verkaufen. Ich mitten drin. Wir hatten echte Hardcore-Gegenden zu bedienen. 10., 21., 22. Bezirk. Das Produkt verkaufte sich fast von alleine. Für viele Interessenten war es schon ein Fortschritt, die beiden österreichischen Fernsehprogramme (damals: FS1 und FS2) störungsfrei empfangen zu können. Und dann gab´s noch den Luxus von ARD und ZDF und sogar das Schweizer Fernsehen oben drauf.*

Der Aufbau des Geschäfts erfolgte zweistufig: Zuerst 6 Wochen Probe-Anschluss, dann Fix-Abschluss. Bei einer meiner Touren in Transdanubien kam ich zu einem Kunden, der mich nach Ablauf der Probezeit offenbar schon sehnsüchtig erwartete. Mit hochrotem Kopf stand er in der Wohnungstür, bugsierte mich hinein, zog mich am Ärmel hinter sich nach und hechelte: „Kommen Sie weiter, kommen Sie weiter, das müssen Sie sich anschauen!" In der Küche sah ich das Desaster: Das Kabel war so montiert worden, dass es von der linken oberen Plafond-Ecke diagonal durch den Raum zur rechten oberen Plafond-Decke etwa auf Kopfhöhe in einem eleganten Bogen durchhing. Ich stellte mich auf einen Schlagabtausch ein, der nicht zu gewinnen war. „Da, sehen Sie das! Damit hab ich wirklich nicht gerechnet!" (Es ging los) „Ich verlange von Ihnen eine schriftliche Bestätigung! Ich will, dass Sie mir eines garantieren: Das MUSS so bleiben! Noch nie habe ich eine so praktische Vorrichtung gehabt, um meine Geschirrtücher zum Trocknen aufzuhängen!"

Joachim Rosenberger.

Immer wieder hat der Opa von einem seiner engsten Freunde geredet, obwohl ich den seit ich mich erinnern kann, nie gesehen habe. Oft hab ich den Opa gefragt, wo sich dieser mysteriöse Rosel denn aufhält und immer hat Opa dann auf sein Herz gedeutet.

Hat mich schon immer irgendwie gerührt, diese fast schon reflexartige Handbewegung, aber irgendwas in mir ist immer unzufrieden geblieben. Das kann doch nicht alles sein, dass ein lebendiger Mensch sich „nur" im Herzen eines anderen aufhält und so gut wie gar nicht im wirklichen Leben! Könnte Opa jetzt reden, würde er mir sicher einen langen erbosten Vortrag halten, dass es so was sehr wohl gibt und gleichzeitig weiß ich ganz genau, dass der Scheps ein bissi unglaubwürdig dreinschauen würde – so wie er immer dreinschaut, wenn er nicht zugeben will, dass der andere recht hat und er immer noch einen kleinen Ausweg aus der Klemme sucht, in die er sich hineingeritten hat.

Neulich hat´s mir gereicht. Ich hab dem alten Grantler erzählt, auf welchen spannenden Reisen in seinem Leben ich schon unterwegs war und in seinem Gesicht war ganz viel Neugier und – obwohl er versuchte, es zu verbergen – auch ein Hauch Begeisterung zu erkennen. Und dann hab ich Rosel erwähnt, dass ich den jetzt bald einmal besuchen werde und da ist er nervös geworden. Und jetzt weiß ich auch, warum. Zum ersten Mal hab ich in Opas Gesicht so was wie ein schlechtes Gewissen gesehen. Die Augen weit offen, so als wollte er einen Fluchtpunkt suchen, ein paar rote Flecken unter den Bartstoppeln und ein nervöses Herumwetzen im Rollstuhl. Jetzt bin ich mir ganz sicher: Ich muss den Rosel treffen.

Rosel wohnt auf einem sehr schön und sehr echt hergerichteten Bauernhof im Waldviertel – in der Nähe von Zwettel. Mit seiner so wunderbaren und lieben Frau Tanja und ein paar Tieren. Katzen, Hunde, Meerschweine, Hasen. Mitten auf dem Hof steht ein ziemlich großes Teleskop mit einem eigenartigen Aufsatz – extra für kurzsichtige Tattergreise, wie Rosel mir wenig später erklären wird. Er hat mich zusammen mit seiner Frau ganz super herzlich begrüßt, mit einem Lächeln, das von einem Ohr zum anderen geht und einer festen Umarmung.

Beim schnellen Hinschauen könnte man glauben, der Opa und Rosel sind Brüder. Gleiche Glatze, gleicher verkehrt herum montierter Bauch-Rucksack, kurze Hosen, aus denen stämmige Beine rausschauen. Nur der Bart ist anders. Statt Koteletten, wie der Opa, hat der Rosel einen Kinnbart, der ihn aussehen lässt, wie einen Rabbi auf Sommerfrische. Und ein bissi kleiner als der Opa ist er auch. Steht aber stramm wie ein Einser, tänzelt und gestikuliert beim Reden.

Ich erzähle ihm von meinem Verdacht des schlechten Opa-Gewissens und da lacht der Rosel und sagt: „Geschieht ihm gaaaanz recht, dem alten Gauner, das schlechte Gewissen hat er völlig zurecht! Aber ich will mal nicht so sein – er ist für mich immer der Frühtau und ich der Frohsinn, das war schon immer so und wird immer so bleiben. Dein Opa hat ein fatales Talent, das er leider auch an mir seit Jahrzehnten austobt: Er kann in Sekundenschnelle mit einem Menschen einen sehr innigen Kontakt herstellen, sodass man als Empfänger glaubt, jemandem begegnet zu sein, den man schon sein ganzes Leben lang kennt. Dann legt er noch ein Schäuferl drauf und schafft es, tatsächlich eine Beziehung zu entwickeln, die Dir das Gefühl vermittelt, einer seiner besten Freunde zu sein. Du genießt es, Du hast Spaß und Tiefgang, er macht auf und lässt Dich bis in seine hintersten Verwinkelungen reinschauen – und Du ihn in Deine – alles läuft, manchmal etliche Jahre und auf einmal ruft er nicht an. Lange nicht. Dann meldet er sich wieder, hat ein hörbar schlechtes Gewissen, man trifft sich, sofort ist der alte tolle Draht wieder an Glühen, man verspricht sich gegenseitig, nun aber wirklich und schwörsam besser aufeinander aufzupassen und – wieder eine Funkstille, wo Du glaubst, Du wärst im All aus einer Raumkapsel gefallen. So geht das nun seit über 60 Jahren mit ihm. Aber wirklich entfleucht ist er mir ja trotzdem nicht."

Ich sage: „Was, seit über 60 Jahren kennt ihr Euch schon? Da müsstest Du doch auch den großen Paul und die Heidi kennen!" „Eh klar, kenn ich die auch, glaubst Du, den großen Paul behandelt er anders als mich? Dein Opa und ich haben uns am Publizistik-Institut in Wien kennengelernt. Er war schon zwei Semester länger da und hatte mit ein paar Freunden eine Studentengruppe gegründet, die sich um die Anfänger kümmerte. Und nicht nur um die: Sogar die Dissertanten sind zum „Forum Publizistik" gepilgert, wenn sie wissen wollten, wie sie mit ganz bestimmten Formalitäten umgehen sollten. So war er eben immer schon: Hat sich ganz schnell schlau gemacht und besser ausgekannt, als die alten Hasen.

Und so hat er auch mich unter seine Fittiche genommen und mir ein paar Tipps und Tricks mitgegeben, wie ich gut vorankomme. Dann hat er sogar eine Weiche gestellt, die mein ganzes Berufsleben prägen sollte. Eines Tages haben wir uns in den Sommerferien zufällig in Linz getroffen, sind auf ein Bier gegangen und da hab ich ihm erzählt, dass ich Parkplatzwächter bei der Welser Messe bin, um mir was dazuzuverdienen. Er hat nur mitleidig gelächelt und gemeint, er hätte da was viel Besseres für mich, etwas, das er selber auch macht und wo er mich reinbringen kann: Kunden-Keiler beim Telekabel, beim Kabelfernsehen in Wien. Dann hat er unsere Biere bezahlt, kurz darauf hat er mich in Wien zum Telekabel mitgenommen, ich bin ein paar Mal zum Lernen mit ihm mitgegangen und ich war drin – und wir haben alle mörderisch viel verdient.

Ich bin dann sogar hauptberuflich dabei geblieben und hab es bis zum Werbeleiter gebracht.

In der Zeit haben wir uns viel und oft gesehen. Und uns die Spitznamen „Frohsinn" (ich) und „Frühtau" (er) zugelegt. Das kam von einer Musikparodie von Otto. Und die Namen waren Programm. Er war schon damals immer wieder in

depressiven Schleifen drin, deswegen schied „Frohsinn"
für ihn aus – passte ja auch wirklich viel besser zu mir. Und
– ganz im Gegensatz zu später – war er tatsächlich ein
Frühaufsteher – also der Frühtau.

Wir waren eine gesuchte Attraktion auf unseren Festen, so
wie wir wirklich synchron die „Kleine Nachtmusik" pfeifen
konnten ...

Er war viel bei mir und meiner damaligen Freundin.
Einmal haben wir sogar Weihnachten zusammen gefeiert,
weil er so einen Horror davor hatte, nach Linz zu seinen
Eltern zu fahren.

Und dann war ich – eh klar – bei seiner Promotion dabei
und wie er den Sallinger-Preis für seine Diss bekommen
hat, da hab ich mich um seinen Vater gekümmert, dem
während Feier der Kreislauf eingebrochen war.

Seine Mutter – eine ganz besondere Frau – hat immer
„Herr Rosel" zu mir gesagt.

So wie der Frühtau bis heute der einzige geblieben ist, der
statt Rosl, wie mich alle anderen nennen, immer Rosel zu
mir sagt und das hat er offenbar auch seiner Mutter so
beigebracht.

Seine Eltern waren ein tragisches Paar und das hat er auch
immer sehr treffend beschrieben: Zwei morsche Säulen,
die nur aneinander gelehnt aufrecht stehen konnten, wenn
eine umfällt, dann zerbröselt auch die andere. Ich weiß
noch, wie er um seinen Vater getrauert hat, den er so geliebt
hat und der es so schwer hatte, diese Liebe anzunehmen.
Und seine Mutter war das glatte Gegenteil: Die war ständig

auf der Suche nach Liebe und hat in ihrer armen Art ihre ganze Umgebung ständig um Liebe angeschnorrt. Verkehrte Welt. Irgendwie fast schon ein kleines Wunder, dass er einigermaßen normal geblieben ist.

Als er zum ersten Mal geheiratet hat, war ich, eh klar, einer der Trauzeugen. Da hab ich ihn zum ersten Mal richtig sauer erlebt, weil ich zum Standesamt zu spät gekommen bin und sein Vater für mich einspringen musste. Ich hab´s aber wieder gut gemacht. Als seine Ehe schon ganz nah am Abgrund war, ist er in seiner Verzweiflung für unbestimmte Zeit von zuhause ausgezogen und bei mir in ein kleines Kammerl eingezogen. Wir waren eine richtige Männer-WG und ich hab sogar ab und zu bei ihm im Büro angerufen, wenn ich gekocht hab und nicht allein in der Küche hocken wollte. Wir waren in der ganzen Agentur bekannt und haben uns auch ordentlich amüsiert über diese pseudo-schwule Connection.

Ich war auf seiner zweiten Hochzeit. Und auf seiner dritten. Da wars am schönsten. Wir haben geheult bei der Rede seiner Schwiegermutter.

Zum ersten Mal, seit ich ihn kannte, war er so ein „Frohsinn" wie ich. Ich glaube, er weiß gar nicht so richtig, wie gern ich ihn hab. Manchmal wirkt er halt auf mich wie ein kleiner Bub, der seine Mama sucht und da möchte ich ihn einfach in die Arme nehmen und ganz fest halten. Und dann fährt der Schalk wieder mit ihm um die Ecke und es gibt einen Blödel-Anfall, wo uns beiden die Luft beim Lachen wegbleibt.

Oder seine ewigen politischen Ambitionen. Er war zwar damals in Hainburg nicht beim Arschabfrieren in der Au, der feine Pinkel, aber er kann sich unendlich gegen jede Form der Intoleranz und ganz besonders der politischen Blödheit aufregen. Bis über die eigene Peinlichkeits-Grenze hinaus. Erst in den Jahren ab der 50er-Mitte hat er sich ein bisschen eingekriegt. Da hat er endlich kapiert, dass die Politik als Beruf nicht seines ist, da ist er endlich so stabil souverän geworden, dass er geschnallt hat, dass er in seinem Beruf als Instanz anerkannt war.

Er war zuhause angekommen. Und er ist in seinem Leben kein authentischer Frohsinn geworden – das bin ja auch weltweit und exklusiv nur ich – aber ein Zufriedener, ein Glücklicher, ein Liebender. Passt ja auch viel besser zu ihm. Vielleicht ist er in seinen innersten Verflechtungen ein kleiner Bub geblieben, der auf der Suche nach Liebe ganz schnell erwachsen werden musste. Wer den kleinen Buben in ihm erkennt und mit dem kleinen Hannes richtig und liebevoll umgehen kann, kriegt den ganzen Mann."

.

Telekabel, 1979, Die Zweite. Ans geht no.

Rennbahnweg. 100 Jahre Fegefeuer für die Stadtplaner und Architekten. Und dann direkte Überstellung in die Wüste Negev. Beton. Überall. Auch am Kinderspielplatz. Mitten in der Steinwüste ein Espresso. Dort haben wir Kundenberater uns öfter getroffen. 16.00. Am Tresen steht ein Mann, Mitte 40. Er ist schon gut angeheitert. Die Tür geht auf und eine Frau erscheint. Sie trägt ein großes Bündel über der Schulter. Ein Leintuch, in das Gegenstände eingewickelt sind. Sie sieht den Mann wirft ihm das Bündel vor die Füße und sagt: „Do, du Schnopsnosn, do hob i da deine Sochn eigwicklt, brauchst übahaupt nimma ham kumma, hob so gnuag vo dia!" Der Mann schaut sie mit glasigen Augen an. „Geh Schatzi, reg di do ned so auf. Kum, jetz trink ma amoi a Ochtl und daun schaun ma weida." Er bestellt zwei Achteln Weiß und die zwei stoßen wortlos an. Nach drei weiteren schweigend gekippten Gläsern nimmt die Frau das am Boden liegende Bündel wieder über die Schulter und die beiden wanken ineinandergehakt nach draußen.

Gabi Plötzeneder.

Heute bin ich in einer wirklich spannenden „Mission"
unterwegs.
Meine Mama hat sich in mein Projekt eingeschaltet und
mir einen heißen Tipp gegeben: „Ich glaube, die Gabi Plöt-
zeneder wäre eine lohnende Adresse für Dich! Sie ist seit
Jahrzehnten eine der besten Freundinnen Deiner Oma und
sie hat immer noch einen funktionierenden Draht zum
Opa – eine ziemlich seltene Kombi, weil die beiden ihre
Freundeskreise ziemlich streng auseinanderdividiert
haben. Dein Opa war – so lange er noch sprach – ein regel-
rechter Freundes-Dieb. Immer wieder hat er Menschen,
die in seiner Nähe waren, die Freunde ausgespannt und sie
zu seinen gemacht. Mindestens AUCH zu seinen, oft aber
auch NUR zu seinen! Bei der Gabi ist das ein bisschen
anders gelaufen, vor allem, weil die Gabi so ein lieber
Mensch ist und immer darauf geachtet hat, dass es kein
Ungleichgewicht gibt. Meld Dich einfach bei ihr, sag ihr
einen lieben Gruß von mir und dass ich mich über ein
Wiedersehen freuen würde."
Na, mit so einem Auftrag muss man sich doch einfach auf
den Weg machen.

Ich fahre ins Salzkammergut – nach Bad Aussee. Dorthin
hat die Gabi ihren sogenannten Lebensmittelpunkt verlegt.
Gleich mit ein paar Bedeutungen dieses Worts. Erstens ist

ihr zweiter Ehemann von dort. Ein kerniger Naturbursch, der aussieht, als wäre er von einer Franzbranntwein-Etikette heruntergesprungen. Sonnengegerbte Haut, weiße dichte unfrisierte Locken, Wadeln wie ein Schirennfahrer und einen Hintern, der immer noch jede Lederhose ordentlich spannt.

Man möchte fast glauben, der Toni wäre so was wie ein Schilehrer gewesen, dabei war er ein ganz hohes Tier bei so einer multinationalen Firma und hat sich dann nach dem ewigen Herumstrawanzen in der Welt eben ins Salzkammergut vertschüsst. Und die Gabi gleich mitgenommen. Die beiden haben sich über Gabis Beruf kennengelernt. Nach vielen Jahren in der Werbung und im Marketing hat sie sich eine lange neue Ausbildung zugelegt und ist sowas wie eine Wunderheilerin geworden. Gabi würde jetzt natürlich ein bissi kreischen und mir erklären, was eine Kinesiologin ist. Das hat gar nichts mit China zu tun. Sie ist so was wie eine Spezialistin für die ganz geheimnisvollen Energieströme im menschlichen Körper und bringt die wieder gut ins Strömen, wenn sie sich einmal verknotet haben. So ungefähr ist das halt – besser kann ich´s jetzt nicht erklären.

Jedenfalls kommt eines Tages – vor ungefähr 25 Jahren – der Toni zur Gabi in die Praxis. Ausgerechnet, weil ihm Gabis Ex-Mann, mit dem er Geschäfte gemacht hat, das empfohlen hat! Weil der Toni so viel Kreuzweh hatte und auch sonst eine Menge Zipperlein in seinem großen Körper herumgewuselt sind.

Und – die Gabi hat ein paar mal Abrakadabra gemacht, so ein elektrisches Stäbchen geschwungen und da hat sich im Stäbchen vom Toni was gerührt – so hat es der Opa immer gesagt und ist halb erstickt an dem Lachkrampf, den er über seinen eigenen Schmäh gekriegt hat.

Und natürlich wollte das der Toni öfter genießen, dieses Abra-Kadaver, wie der Opa immer frech gesagt hat und so sind die beiden zusammengekommen und geblieben.

Der Gabi hat´s mindestens so gut getan, wie dem Toni. Und wie der Toni dann aufgehört hat mit seiner internationalen Wichtigtuerei, haben die beiden beschlossen, nach Bad Aussee zu gehen. Erstens, weil´s dort so viel gsund ist und die Leute gar so alt werden und zweitens, weil sich dort ganz viele von den Leuten aufhalten, wie der Toni einer war, bevor er wieder normal geworden ist und die wollen doch alle so gesund werden, wie er es mit der Gabi geworden ist. Nur das Staberl müssen sie brav in der Lederhose behalten, hat der Opa immer gesagt und schon wieder hat er sich fast verschluckt an seiner eigenen Schweinerei.

Also jetzt aber genug mit den Opa-Schweinereien – ich setz mich in den Zug und fahre nach Bad Aussee – juchee! Na, die Jodlerei ist mir gleich beim Aussteigen vergangen. Es schüttet wie aus Schaffeln und das mitten im schönsten Sommer. Der Toni hat grade keinen Franzbranntwein-Auftrag an dem Tag und wartet auf mich. In einem gewaltigen Regenumhang steht er da und hebt mich ein bisschen hoch, damit er mich mit seinen 1 Meter 95 besser anschauen kann. Ich frage ihn: „Machst Du das mit der Gabi auch –

die ist doch auch nicht größer als ich?" Und der Toni sagt: „Nur an Sonn- und Feiertagen, sonst muss mich meine Frau wieder zum Knochenrichter bringen. Aber so ein zartes Federl wie Dich stemm ich auch an Wochentagen."

In einem Jeep mit Fetzendach und offenen Seitenteilen fahren wir zu Gabis und Tonis Haus.

Obwohl Gabi nun auch schon fast 80 ist, praktiziert sie immer noch. Jeden zweiten Vormittag dürfen ein paar von den Promis, die in Bad Aussee auf Sommerfrische sind, zu ihr kommen und sie bringt sie wieder in Schwung. Heute war grade so ein Vormittag und Gabi hat den weißen Mantel noch an, den sie wie eine Ärztin trägt. Sie steht kerzengrade da, hat ganz weißes Haar und blitzende Augen, lacht mich an, eine Reihe weißer gepflegter Zähne werden sichtbar – alle noch immer echt. Und sie drückt mir ganz fest die Hand. Da merke ich erst, wie klein ihre Hände sind – kleiner als meine, und trotzdem habe ich das Gefühl, meine würden in ihren verschwinden. Jetzt merke ich auch, warum sie das tut: Sie misst meine Schwingungen, die Spionin! Und schon kommt die Diagnose: „Schatzilein, Du solltest weniger rauchen, das tut Deinem Immunsystem nicht gut und außerdem ist es schlecht für die Haut." „Pfaahh, die Oma! Hat die wieder gepetzt?" „Nein, Deine Oma war ganz leise wegen dem Rauchen, auch, weil sie ja selber immer noch qualmt und ich ihr deswegen genauso auf die Nerven gehe, wie grade eben auch Dir. Ich spür das halt, das kannst mir auch so glauben, sind ja nun doch schon ein paar Jährchen, dass ich auf diese Weise Kontakt mit den Menschen aufnehme."

Das kommt mir nun gerade recht. Ich hab gar keine Lust, mit der Gabi über meinen Nikotin-Konsum zu verhandeln und deshalb wechsle ich blitzartig das Thema und sage: „Na, wenn Du so gut bist, beim Kontakt-Aufnehmen mit den Menschen, was spürst Du denn dann beim Opa?"

Zuerst muss Gabi lachen und sie meint, das kennt sie doch von irgendwo, dieses schnelle Themenwechseln, wenn´s grade unangenehm wird und dann schaut sie mich ganz fest an und sagt: „Dein Opa hätte gut daran getan, einmal bei mir vorbeizuschauen, vielleicht wäre er jetzt ein bisschen besser beisammen. Aber ich kann mir schon vorstellen, wie er sich das gedacht hat. Mir ging´s umgekehrt mit ihm ja auch nicht anders. Immer wieder hat er mir angeboten, dass ich zu ihm zum Coaching kommen darf – gratis und als Freundschafts-Dienst. Ein einziges Mal hab ich´s gemacht und es war auch wirklich spannend, aber irgendwie wollte ich dann nicht umsetzen, was wir uns ausgedacht hatten und – wie man sieht – gut war´s."

„Ich kenne Deinen Opa schon genau so lange, wie Deinen Onkel Paul. Deine Oma und ich waren nämlich gleichzeitig schwanger. Barbara mit dem Paul und ich mit Max. Und wir waren dann im „Goldenen Kreuz" im gleichen Zimmer. Barbara hatte Paul am 15. August auf die Welt gebracht und ich meinen Max am 20. Zwei Jahre später hat Barbara Deine Mama geboren und ich meinen Seb. Die Kids sind heute alle noch Freunde!

Unsere damaligen Männer waren damals über den Beruf gut befreundet und wir haben sehr viel gemeinsame Zeit verbracht. Ganze Wochenenden, Schiurlaube, viele Abendessen in kleiner Runde und auch viele Mütter-Runden mit deiner Oma und anderen Freundinnen und ihren Kindern. Nach ein paar Jahren haben sich unsere Männer beruflich einen ganz schlimmen Krieg geliefert und sind bis zu heute nicht versöhnten alten Deppen geworden, die wahrscheinlich gar nicht mehr wissen, warum sie sich so sehr hassen.

Dein Opa hat eine Zeit lang auch mir gegenüber recht heftig über Thomas geschimpft. Und auch wenn ich selbst eine ganze Menge seiner Charakterschwächen kenne – schließlich sind wir ja auch schon eine Ewigkeit geschieden – ich wollte von Deinem Opa nicht immer wieder in eine Situation gebracht werden, wo ich über den Mann schimpfen hätte sollen, den ich doch einmal geliebt und geheiratet habe. Hannes hat das dann doch auch eingesehen, und ab da ist es uns allen besser gegangen.

Ich war während der Ehe Deiner Großeltern mit beiden gut befreundet. Ich weiß auch, dass Barbara mich als ihre beste Freundin bezeichnet hat und hab mich deswegen ab und zu gewundert, warum ich immer wieder so wenig von ihr einbezogen wurde – in das, was sie beschäftigt oder auch geplagt hat.

Aber ich habe während der vielen Bad Kleinkirchheimer Schiurlaube beobachtet, wie die beiden sich auseinander entwickelt haben. Dein Opa hat da einmal eine sehr unschöne Szene geliefert, wo er Barbara vor allen anderen massiv beschimpft hat wegen der Art, wie sie die Kinder erzieht. Ich weiß von Barbara, dass er sich später unter vier Augen bei ihr dafür entschuldigt hat. Aber er hat als Coach, der er damals schon war, genau das Gegenteil von dem getan, was er beruflich immer gepredigt hat: Kritik sollte unter vier Augen platziert werden.

Ich wusste andeutungsweise von ihm, dass er sich sehr danach sehnte, mehr Liebe in der Beziehung zu haben und weniger Freundschaft – oder Team – wie er das immer zu sagen pflegte. Ich wusste auch von Barbara, dass sie diese Sehnsucht zwar kannte, aber gar keine Ahnung hatte, was sie denn nun ändern sollte. Oder auch, dass Barbara Hannes sogar einmal gefragt hätte, ob da was dran wäre, dass er sich im Fall einer Trennung lieber MICH als seine Frau wünschen würde. Zum Glück war da wechselseitig nie was dran. Und das hat Hannes Barbara auch richtigerweise geantwortet. Wir waren nackt in der Sauna in Bad Kleinkirchheim, haben über fast alles geredet, aber wir hatten nie einen gegenseitigen Magnetismus als Mann und Frau füreinander.

Ich habe beobachtet, wie die beiden sich voneinander entfernten, auch und gerade, als sie noch zusammen wohnten und deswegen war ich wahrscheinlich eine der wenigen Freundinnen Barbaras, die sich gar nicht wunderte, als Barbara von der Trennung redete.

Ich hatte damals auch guten Kontakt mit Hannes und er hat mich sogar eingeweiht in seine fürchterlichen amourösen Verirrungen in den ersten zwei bis drei Jahren nach der Trennung.

Als er dann seine Gabi heiratete, hat er mich – und dafür war ich ihm sogar dankbar – nicht zur Hochzeit eingeladen, denn das wäre dann doch auch für mich ein zu starker Interessenskonflikt geworden. Ich weiß aber und in den Jahren danach konnte ich es ja auch live beobachten, dass er seine tiefsitzende und immer wieder ausbrechende Traurigkeit Schritt für Schritt losgeworden ist und ein ganz von innen heraus heiterer Mensch wurde.

Er hat mir dann sogar Patienten geschickt, die ich wieder flott gemacht habe und ich ihm im Tauschverfahren auch ein paar Klienten.

Es hat ein paar Jahre gedauert, bis wir wieder auf einen guten gemeinsamen Stand gefunden hatten. Ich war auch sehr erleichtert, als Barbara sich endlich zu ihrer Dauer-Geheim-Liebe bekannt hatte und auf eine wundersame Weise hat sich dann auch mein Gleichgewicht mit den beiden viel besser eingepegelt.

Nur nach Bad Aussee ist er nie gekommen. Grade er als Oberösterreicher hätte es doch ganz leicht gehabt hier! Aber der alte Sturschädel hält einfach den Regen nicht aus hier. Da haut er lieber mit seiner Gabi über den Winter an die Algarve ab und schickt uns von dort ganz altmodische Postkarten, die Gabi selber basteln muss, weil man heute keine Postkarten mehr herstellt. Das wünsch ich mir – von ihm und für ihn. Dass er mir wieder eine Postkarte aus Lagos schreibt."

OO.

Ein Versuch. *Spaziergang durch das relaxte Wien. Buntes Publikum. Irgendwie eine Spannung in der Luft, die signalisiert, dass sich „etwas" zusammenbraut. Flaues Gefühl in der Magengrube. Bedürfnis nach Klarheit. Nach Klartext. „Wir" (wer ist das eigentlich?) haben zu lange zu unklar argumentiert. Und uns zu viel gefallen lassen. Von einem sehr rabiaten Teil der Migranten-Gemeinde, der uns unbekümmert seine Frauen und Mädchen vorführt - wie Pakete verpackt und ihrer mindesten Würde beraubt. Vom rechten Pöbel, der im Zuge einer gigantischen Projektion an allen, die er angreift, seine eigene Minderwertigkeit bekämpft. Es ist uns das Augenmaß abhanden gekommen. Für eine selbstverständliche Ethik. Und der Mut, für diese Ethik einzutreten. Und - auch daran sind wir selbst schuld - wir haben an der Spitze des politischen Systems Repräsentanten, deren Rückgrat aus Gummi ist und deren Haltungen aus Watte. Wenn es angeblich um „unsere Werte" geht, dann ist es allerhöchste Zeit, diese zu identifizieren und klarzustellen. Wer in seinen Hetzschriften die Mindestregeln von Grammatik und Syntax ignoriert, soll von niemandem*

„Deutsch" als Bedingung für irgendwas verlangen dürfen. Wer die Grundregeln einer aufgeklärten Verfassung nicht zu akzeptieren bereit ist, muss sich überlegen, ob Österreich der richtige Platz ist, um sich hier niederzulassen. Wer um seine körperliche und seelische Gesundheit fürchten muss, muss hierher kommen können und sich auf eine menschliche Aufnahme verlassen dürfen. Wer noch immer nicht verstanden hat, dass von diesem Land und/oder hier Geborenen zwei Weltenbrände ihren Ausgang genommen haben, soll bitte dringend schweigen, wenn scheinbar optisch unversehrte Flüchtlinge aus Gebieten, die seit Jahren grausamst verwüstet werden zu uns kommen. Ich möchte mich so gerne nicht mehr so sehr schämen müssen für all die Niedertracht und geistige Pestilenz. Ich wünsche mir einen sehr offenen und sehr harten Dialog mit allen. Mit allen. Und Klarstellungen. Was geht und was absolut unter aller Sau sein und bleiben muss. Auch wenn es mich ankotzt, auch in diesem Forum ein ungeniertes Aufplatzen von Eiterbeulen zu beobachten, die jetzt offenbar Morgenluft wittern. Eine knallharte Auseinandersetzung gerade mit diesen Unterirdischen muss geführt werden. Wir brauchen so dringend einen Neustart. Sebstbestimmt und mit einer ordentlichen und absolut direkten Argumentation. Bevor er uns aufgezwungen wird von Leuten, die in ihrer Substanz unerträglich sind.

Michael Schipper.

Moin, moin, heute geht´s in Opas absolute Lieblings-Stadt: nach Hamburg oder Hambuich, wie die Hamburger sagen. Dort treffe ich Opas erstes deutsches Kunden-Gesicht, wie der Scheps immer zu sagen pflegte. Und – wenn ich mich richtig an den sehr gewichtigen Tonfall in seiner Stimme erinnere – das hat er richtig ernst gemeint. Ich fahre – nein natürlich fliege ich – zu Michael Schipper, dem Gründer der Agentur „Schipper Company", die er zu einem sehr erfolgreichen „Laden" hochgezogen hat und mittlerweile an ein französisches Netzwerk verkauft hat.

Die Deutschen sind manchmal seltsam für unsereinen mit ihrer Sprache. Einerseits können sie manches gar nicht wichtig genug nehmen und dann nennen sie ein Unternehmen mit über 300 Leuten einen „Laden". Da denken wir doch an ein kleines Geschäft, wo der Inhaber selber drin steht und verkauft und seine Kinder und Enkel ihm dabei helfen. Na ja, bis auf die Kinder, die Enkel und die Kleinheit stimmt dann ja eh alles.

Schippy – so hat ihn der Opa immer genannt – ist eigens für mich aus seinem schwedischen Exil nach Hamburg gekommen. Das ist ihm die Enkelin seines Freundes Hannes schon wert, hat er mir geschrieben, als ich ihn kontaktierte und um ein Treffen gebeten hatte.

Ich wäre ja auch gerne nach Schweden gefahren, grade bei der Liebe, die meine Mama zu diesem Land hat, aber

Schippy wollte mir unbedingt Hamburg zeigen – die Stadt, wo er und Opa sich kennengelernt hatten und in der er mit Opa so viele Stunden bei Tag und bei Nacht verbracht hatte. Er holt mich am Flughafen ab. Groß – nicht so groß wie der Opa – schlank, weißes Haar, nach hinten gegelt, damit man die paar schütteren Stellen nicht so sieht, die sich schon eingeschlichen haben, gute Gesichtsfarbe und ein dichter Teppich eines 3-Tages-Bartes rundherum. Ganz faszinierend: Seine stechend blauen Augen, durch die er einen anschaut wie ein Röntgen-Arzt. Im Auto – einem Geländewagen, von dem er die Markenzeichen abmontiert hatte und statt dessen einen Kompass draufgeklebt – fallen mir seine Hände auf: Große Hände und mächtige Finger, fast ein bisschen dick. Von Opa weiß ich, dass Schippy ein begnadeter Pianist und Fotograf ist und so frage ich mich, wie er mit diesen Pranken so feine Arbeiten verrichten kann. Aber ich merke auch beim Fahren, wie mit wie viel Feingefühl er die Hebel bedient und dann wieder das Lenkrad ganz resolut anpackt.

Wir reden gleich drauf los. Er nennt den Opa nicht Hannes und auch nicht Doc Sunshine, wie viele der deutschen Kunden (wie mir Opa erzählte), sondern „den Doktor" und dabei macht er bisschen das näselnde Wiener Hofratsdeutsch nach, mit dem die Deutschen uns manchmal imitieren wollen und es irgendwie doch nicht so recht zusammenbringen. Genau so, wie wir Oesis immer glauben, die Berliner Schnauze nachmachen zu können und sich das dann so peinlich anhört.

Schippy erzählt mir, dass er den Doktor im Jahr 2005 kennengelernt hat, als der Opa grade frischgebackener Coach war und mit seinem üblichen Glück gleich einen Job in Deutschland angeboten bekam. Ein Führungs-Training in Hamburg bei der Proximity, einer Agentur, die es schon lange nicht mehr gibt. Damals war sie die größte ihrer Art in Deutschland und Schippy war einer der Geschäftsführer dort.

Er sagt: „Ich hab den Doktor von Anfang an gemocht. Er kam zu spät, weil sein Flieger Verspätung hatte, hat sich 1000 mal dafür entschuldigt und irgendwie hatten wir ihm schon bei der dritten Entschuldigung vergeben. Wir wollten von ihm eine Kurzfassung eines 2-Tages-Seminars an einem Tag weil wir doch viel zu wichtig waren, um uns 2 Tage hinzusetzen. Er hat das genial zu seinen Gunsten gedreht und uns an dem einen Tag nur die absoluten Highlights des 2-Tages-Programms vorgesetzt. Das hat er mir erst ein paar Jahre, nachdem wir uns kennengelernt hatten, verschmitzt gestanden. In der ersten Pause hab ich ihn gefragt, ob er raucht und dann haben wir beide uns in ein Raucherzimmer zurückgezogen und von Anfang an so was wie eine Verschwörer-Gemeinschaft gegründet. Das gemeinsame Rauchen war für uns viele Jahre ein ganz wichtiges Ritual. Wir haben es benützt, um uns zu entspannen, zurückzuziehen, aber auch um uns bei diesen Gelegenheiten auch ganz vertrauliche Nachrichten zu erzählen, insgesamt: Vertrauen zueinander aufzubauen. Wie zwei alte Indianer. Das haben wir einmal auch wirklich dringend gebraucht, als es ein schlimmes Missverständnis zwischen uns gab, ich ihn irrtümlich im Verdacht hatte, er würde gegen mich intrigieren und ich ihn so angeschossen hatte, dass er in dieser Auseinandersetzung in seinem Stuhl zusammensank wie eine aufblasbare Figur, der man ein Leck geschossen hatte.

Da habe ich bemerkt, dass ich falsch lag, bin zu ihm rüber, habe ihn umarmt und alles war wieder gut. Er hat mir dann geschrieben, wie unendlich wichtig ihm unsere Freundschaft ist und wieder das gemeinsame Rauchen angesprochen. Ungerechtigkeit konnte ihn halb in den Wahnsinn treiben, deinen Opa. Das hat er gar nicht verdauen können. Apropos Verdauen. Er liebte es, mit mir in Hamburg essen zu gehen, am liebsten ins „Cuneo", den ältesten Italiener der Stadt. Mitten in St. Pauli, wo vor der Tür die Nutten auf und ab gehen und drinnen die feine Hamburger Gesellschaft sitzt. Dort haben wir uns abends oft und gern getroffen. Er liebte es, wenn ich wieder meine typische Art aufgezogen hatte und ganz ungeniert und am liebsten mit den weiblichen Tischnachbarn zu blödeln anfing. Meistens hab ich uns dabei eine erfundene Identität verpasst, er war dann oft mein österreichischer Psychotherapeut und ich sein Patient auf Ausgang.

Der Doktor war ein Profi in seinem Fach. Und er war charmant. Und witzig. Ein Oesi halt, wie wir Leute an der Elbe es besonders mögen. Damit hat er mich gepackt. Aber er konnte auch auszucken. Schwer auszucken. Wir hatten da ein paar Mitarbeiter, die ihm während der Seminare immer beweisen wollten, dass er unrecht hat. Erst hat er sich mit einer Eselsgeduld mit ihren Argumenten beschäftigt. Aber als er dann glaubte, das alles wäre Absicht, um ihn vorzuführen, ist er ausgerastet. Ist die Leute angegangen, warum sie denn in seinem Seminar die Luft wegatmen, wenn sie eh alles besser wissen und wenn sie eh keine Probleme hätten, sollten sie doch zuhause bleiben.

Oder er hat auch unsere Themen manches mal ganz zu seinen eigenen gemacht und sich so sehr damit identifiziert, dass ein Nicht-Einhalten der Themen, die wir gemeinsam erarbeitet hatten, einer Majestäts-Beleidigung des Doktors gleichkam. Da verstand er keinen Spaß und hat uns – leider immer wieder zurecht – ordentlich den Kopf gewaschen. Ich konnte ihm dann aber ab und zu nicht mehr das Geschäft retten, wenn er dann übers Ziel hinausgeschossen hatte und ein paar Unverbesserliche gegen sich aufgebracht hatte.

Der Doktor hatte einen „Radar", wie er das gerne nannte, und auf diesem Radar hat er oft ganz früh und ganz alleine rote Punkte blinken gesehen. Und er hatte fast immer damit recht. Ich weiß noch, wie er mich als Coach und als Freund, der er dann schon war, mit einer Eselsgeduld vor einem untreuen Partner gewarnt hat. Da bin ich ihm heute noch dankbar. Er hatte – leider – Recht und ich hab´s ihm zu meinem Glück gerade noch rechtzeitig geglaubt. Da hat er mich vor großem Schaden bewahrt. Der Doktor konnte, wenn Du ihn als Freund an Deiner Seite hattest, ohne Honorar und ohne auf die Uhr zu schauen, eine schwierige

Nummer mit Dir durchziehen. Als ich mich selbstständig gemacht habe, hat er mich ein Jahr lang begleitet und immer wieder hat er mir Mut gemacht, mir Ausdauer geschenkt und den Glauben an mich selber bestärkt. Am Telefon, per sms, bei unseren geheimen Treffen.

Dass SchipperCompany entstehen konnte, verdanke ich AUCH ihm. Ich hab ihn dann, sobald ich mir das leisten konnte, wieder als Coach in meine eigene Agentur geholt und wieder hat er sich ins Zeug gelegt und meine Sache zu seinem Herzensanliegen gemacht. Meine Leute waren regelmäßig begeistert und ich war sehr stolz auf ihn. Hab ihn auch regelmäßig weiterempfohlen, öfter, als er es selbst gemerkt hatte und mich jedes mal sehr gefreut, wenn er mir von einem neuen Kunden erzählte, den er in Wahrheit mir verdankte.

Es fiel mir leicht, ihn zu empfehlen. Es gab in Deutschland keinen vergleichbaren Coach. Nur er konnte 20 Jahre Agenturführung mit einer abgeschlossenen Coach-Ausbildung kombinieren und dabei auch noch die Nase in den aktuellen Wind der Branche halten.

Was mich selbst immer wieder positiv überraschte, war, dass er es schaffte, noch mit über 60 einen Haufen 30-Jähriger mit Glaubwürdigkeit zwei Tage lang zu faszinieren.

Manchmal hat er dabei einen Gehstock benützt, den ich ihm vor vielen Jahren einmal halb im Scherz geschenkt hatte, weil er doch mit seinen Bandscheiben so viel Ärger hatte.

Und wenn er lange stehen musste, ist ihm das in den letzten Berufsjahren immer wieder mal schwer gefallen. Da hat man dem ewig jungen Oesi-Charmeur dann das Alter angesehen und ab und zu auch den Schmerz.

Wir haben noch eine ganze Reihe von spannenden Sachen gemeinsam in die Welt gesetzt. Zum Beispiel hab ich ihn auch immer wieder bei meinen eigenen Kunden ins Spiel gebracht und das hat er ganz besonders geliebt!

Ein paar davon hat er nach dem offiziellen Ende seiner Firma noch „zur Gaudi" – wie er das nannte – weiterbetreut und weil er dann immer seine geliebte Gabi mit auf die Reisen nehmen konnte. Als ich meinen Laden verkauft hatte, war er schon knapp 80 und wir sind nochmal ins Haus der Seefahrt gefahren, wo mein erster Standort war und ich hab uns mit einer meiner Ausreden (Forschungsprojekt für seekranke Matrosen) noch einmal Zutritt bei den neuen Mietern verschafft. Dann haben wir eines der riesigen alten Fenster gekippt und wie die Schuljungen heimlich eine geraucht. Bis sie uns dann rausgeschmissen haben.

Gib dem alten Doktor ein Bussi von seinem Schippy!"

**.**

56 Erkenntnisse aus 56 Jahren.

1. Nasse Stoff-Windeln sind Scheiße. 2. Viel zu spät geboren, um live zu sehen, wie Jerry Lee Lewis sein Klavier anzündet. 3. Dreiradler auf Lufreifen sind geil. 4. Der Dackel der Nachbarin schaut aus wie der Bundespräsident. 5. Kreisky hat bei Kennedy´s Tod im Fernsehen geweint. 6. In meine Volksschule ist schon mein Urgroßvater gegangen und seitdem hat sich nichts geändert. 7. Einen Bruder zu haben ist cool. 8. Wenn Deine Lehrerin mental beim BdM ist, bringen dir Jeans in der Volksschule eine Betragens-Note. 9. Wenn die angebetete Mitschülerin Dich nicht mag, sollte Dir das scheißegal sein. 10. Aufnahmeprüfungen ins Gymnasium sind zwar halb so wild, aber trotzdem ein pädagogischer Unsinn. 11. Schulbücher aus der Schülerlade für Kinder aus finanziell schwächeren Familien sind eine Schande. 12. Gratis-Schulbuch und Schülerfreifahrt sind super. 13. Pickel und Stimmbruch braucht kein vernünftiger Mensch. 14. Liebeskummer mit 14 ist echt eine Fehl-Investition. 15. Yeah! 16. Ein Puch MS50 mit Blinkern ist weniger cool, als eine Honda ohne Blinker. (Trotzdem: Danke, Vati!) 17. Man kann mit der Puch auch zu zweit fahren ... 18. Nie wieder ist man so gescheit wie kurz nach der Matura. 19. Nie wieder erlebt man ein System, in dem der Blödere dem Gescheiteren durch alle Stufen was anschafft, wie beim Bundesheer. 20. Wien ist grau, aber immer noch tausend mal cooler als Linz. 21. Verloben ist sicherstellen und weitersuchen. 22. Ein gebrauchter Käfer mit Automatic ist geil. 23. Man muss sich nicht an alles

erinnern. 24. Eine Diss schreiben ist einfach nur zaaach. 25.
Wahre Freundschaft ist, wenn sich Dein Freund über Deinen
Erfolg mehr freut, als Du selbst (Danke, Großer Paul!) 26. Der
Bosch Bohrhammer PBH16RE kriegt einen PR-Text mit 10
Zeilen à 26 Anschlägen. 27. Werbung ist geiler als PR und die
GGK ist die geilste Agentur der Welt und Umgebung. 28. Nichts
ist schöner als die Augen Deiner neugeborenen Tochter. (Hallo,
Lisa!) 29. Es ist ein Wahnsinn, wie schnell die Zeit vergeht,
wenn die Arbeit so viel Spaß macht. 30. Es ist ein Wahnsinn,
wie langsam die Zeit vergeht, wenn Du unglücklich bist. 31.
Nicht alle eigentümergeführten Agenturen sind wirklich gute
Plätze. 32. Wenn Du glaubst, dass es nichts Schlimmeres gibt,
als an Deinem 32. Geburtstag geschieden zu werden, hast Du
Dich getäuscht. 33. There´s a light at the end of the tunnel and
it ain´t no train. 34. Die Gang bei Ogilvy Anfang der 90er war
ein Hammer! 35. Wenn Du einen Sohn haben willst, wünsch
Dir einen, wie ich ihn habe. (Hallo, Pauli!) 36. There´s a life
after Capt´n Bird´s Eye. 37. Wenn sich Deine Tochter bei der
Geburt das Schlüsselbein bricht, weil sie´s so eilig hat, hörst Du
Dein Herz im Ohr schlagen. (Hallo, Hannah!) 38. Wenn Du
angestellter Chef bist und Dich fühlst, als gehört der Laden Dir,
ist es einfach nur noch geil. 39. Wenn Du von genau diesem
Laden gemeinsam mit guten Freunden einen entscheidenden
Anteil kaufst, glaubst Du, es kann Dir im Leben nichts
Schlimmes mehr passieren. 40. Wenn Dir dieser Laden unterm
Arsch wegfusioniert wird, glaubst Du eine Zeitlang an gar
nichts mehr. 41. Wenn Deine innere Stimme ruft, mach was
anderes, hör hin. 42. Wenn Du nicht hinhörst, brauchst Du

eine stärkere Dosis. 43. Die Aussicht in einen Park aus einem 45 qm-Büro in einem Palais ist atemberaubend. 44. Advertising is the most sexy thing you can do with your clothes on. 45. Es ist scheißegal, ob im Snickers 10% mehr Erdnüsse sind, die Damenbinde saugfähiger ist oder der Golf einen beleuchteten Aschenbecher hat. 46. Solange Deine Kids Dich verstehen, ist alles gut. 47. Coaching kann ein Lebenswerk werden. 48. Es ist so aufregend, wenn Du als ehemaliger Analog-Werber die geilsten Digital-Agenturen coachst und beide was davon haben. 49. Hamburg ist die schönste Stadt der Welt. 50. Wenn Du mit so wunderbaren Menschen Deinen 50er feierst, bist Du unendlich reich. 51. Emo ist Scheiße. 52. Wenn Du glaubst, mit über 50 Deine Pubertät nachholen zu müssen, zieh Dich warm an. 53. Wenn Du merkst, dass Emo wieder vorbei ist, kannst Du endlich wieder durchschlafen. 54. Freunde zu haben, die mich lieben, obwohl sie mich kennen, ist einfach nur irre schön. 55. Wenn Deine zukünftige Schwiegermutter mit Deinem Vater in die gleiche Volksschule gegangen ist und du findest das über einen Parship-Kontakt heraus, glaubst Du nicht mehr an Zufälle. 56. Drei ist einfach eine geile Zahl.

Gabi. Die Tango-Oma.

Heute ist was ganz Eigenartiges passiert. Die Tango-Oma hat mich angerufen! Also das ist jetzt natürlich nicht das Eigenartige – die Tango-Oma ruft mich immer wieder an und ich freu mich jedes Mal, wenn ich ihre junge Mädchenstimme durch den Hörer kommen spüre.

Also: Die Tango-Oma ruft mich an, das ist nichts Besonderes, aber was sie mir sagte, hat mir das Telefon aus der Hand fallen lassen: Der Opa hat was gsagt!!! Heute! Der Opa hat geredet und so wie es aussieht – oder besser: es sich anhört – wird er auch nicht wieder mit dem Reden aufhören.

Jetzt ist das irgendwie blöd. Ich bin grade in Graz, wo ich einen der ewigen Herzensmenschen vom Opa besucht hab – Andrea Janach – und muss mich jetzt ganz dringend auf den Weg machen, damit ich ganz schnell nach Wien komme, wo die Tango-Oma doch schon so sehnsüchtig auf mich wartet. Weil das weiß ich ganz genau: Wenn die Tango-Oma einmal was wirklich Spannendes hat, dann muss man sprinten, weil es sie sonst zerreißt. Und ich bin ganz sicher, dass der Opa keine Freude mit seiner zerrissenen Frau hat, auch wenn er jetzt schon ein Jahr lang keinen Mucks mehr gemacht hat.

Aber immerhin: Es fährt ein superschneller Zug von Graz nach Wien, die haben da durch ein paar Berge ein paar Löcher gebohrt und deshalb braucht man seit ein paar

Jahren nur mehr eine gute Stunde von hier nach da. Leider hab ich das geografische Anti-Talent vom Opa geerbt und deshalb kann ich jetzt beim besten Willen nicht sagen, durch welche Berge die Löcher gebohrt worden sind – ist doch eh wurscht, Hauptsache schnell.

Die Andrea bringt mich noch zum Bahnhof in Graz und schärft mir ein, mich nur ja gleich bei ihr zu melden, wenn ich mehr weiß. Sie ist ja schließlich Ärztin. Also Frauen-Ärztin. Und in Pension. Aber auch das ist jetzt wurscht. Sie ist eine der ältesten Freundinnen vom Opa und auch wenn sie immer sagt, dass ein männliches Hirn was anderes ist, als ein weibliches Hirn, so hat sie mir doch heute zugeben müssen, dass das ganz egal ist, Hauptsache, der Opa redet wieder.

Jetzt sitze ich im Zug und denke an den Opa. Und an die Tango-Oma. Was soll ich sonst machen, um die Stunde irgendwie runterzubiegen. Der Opa und die Gabi haben sich auf Parship kennengelernt. Das war in den 10er-Jahren so eine Internet-Plattform, auf der sich Leute, die sich sonst nie gefunden hätten, eine Chance geben wollten, sich zu finden. Das klingt jetzt aber wirklich kompliziert und der Opa würde nur den Kopf schütteln über diese Art der Beschreibung.

„Schau, Schatzi", hat er gsagt, „das ist doch ganz einfach: Wenn man einsam ist und das nicht bleiben will, wie soll man denn auf der Straße erkennen, wem´s genauso geht? Glaubst, die Leute haben einen Stempelabdruck am Hirn:

Ich brauch wen zum Kuscheln? Na also. Und genau deswegen haben ein paar Schlaumaier im Internet so einen Marktplatz eingerichtet, wo man sich selber in die Auslage stellen konnte und auch an den Auslagen der anderen entlangspazieren. Ganz entspannt und ohne Kaufzwang. So was war Parship. Und die Gabi und ich waren da auch drin. Bis wir uns gfunden haben. Dann waren wir draußen. Für immer." Ich hör den Opa regelrecht, wie er mir die Geschichte erzählt hat, immer und immer wieder, weil sie ihn so glücklich gemacht hat. Die Geschichte. Und die Gabi. Die Tango-Oma.

Es war einmal im Jahr 2013, da haben sich zwei einsame Herzen gefunden, weil sie so lange schon herumgeirrt sind in der Welt. In der echten und in der virtuellen. Der Opa war schon ein paar Jährchen getrennt von der Oma und hat sich ein paar echte Narben eingetreten bei seinen Eskapaden. Immer nur grade mal ein halbes Jahr hat er´s ausgehalten mit seinen ständig wechselnden Flammen. Das hat mir die Mama erzählt. Die hat damals was mitgemacht mit dem Schepsen. Und der Opa geniert sich heute noch ein bissi, weil er so patschert war und so viel Blödsinn angestellt hat. Auch mit vielen Narben bei den Damen, die ihm damals über den Weg gelaufen sind. Damals.
Irgendwie hab ich im letzten Jahr ein paar Mal das Gefühl gehabt, der Opa hat wieder so einen kindischen Anfall und ist wieder so blöd geworden, wie er damals war. Aber wir werden ja sehen, vielleicht löst sich ja das Rätsel heute.

Wo war ich stehengeblieben, bei meinen Gedanken an früher? Ah ja, wie sich der Opa und die Tango-Oma kennengelernt haben. Ich glaube, ich denke jetzt einmal ganz fest an die Tango-Oma und daran, wie sie mir ihre Version der Geschichte erzählt hat. Ungefähr 287 mal. Und das Beste daran. Jedes mal gleich. Nie irgendeine Ausschmückung oder ein Extra, das bei den anderen 286 mal nicht auch schon dabei gewesen wäre. Also irgendwas dürfte schon dran sein an der Geschichte.

Also 2013. Die Tango-Oma war schon eine Weile auf verschiedenen Internet-Plattformen unterwegs und hat auch den einen oder anderen Bekannten kennengelernt, von denen auf jeden Fall einer bis heute ein guter Freund geblieben ist. Ein gewisser Fred, ein Deutscher, der eine Österreicherin geheiratet hat. Und den der Opa mit seiner Schwäche für die Piefkes auch recht gern hat.
Und irgendwie – so hat´s mir die Tango-Oma erzählt – hat sie im Frühling 2013 schon ein bissi die Lust verloren an der ganzen Parshipperei. Bis im Mai plötzlich der Opa bei ihr aufgeschlagen hat. Ganz typisch für ihn. Er wollte sie gleich kennenlernen, obwohl sie bei den ersten Hin und Hers noch nicht so draufgängerisch war. Aber mit dem Hinweis auf seinen Geburtstag in zwei Tagen hat er sie dann doch herumgekriegt.
Die Tango-Oma hat damals bei Schönbrunn gewohnt und deshalb hat sie den Opa zum Meidlinger Tor des Schlossparks bestellt, damit die beiden von dort einen kleinen

Spaziergang unternehmen können. Typisch Tango-Oma. Am Anfang noch vorsichtig – sollte der Typ nicht passen, wäre sie im Handumdrehen wieder zuhause. Und wenn er doch passen sollte, ist´s halt auch nicht weit nach Hause. Ich weiß ganz genau, dass die Tango-Oma jetzt laut protestieren würde. Aber nur ein bissi und in Wirklichkeit würde sie ganz tief drin in ihr ganz viel kichern, nur zeigen würde sie´s mir nicht. Das wäre ja noch schöner ... Oder schönerer, wie der Opa in seiner typischen Sprache sagen würde (tatert, tät er sagen).

Also, da treffen sich die zwei, gehen spazieren und erzählen sich ein paar Geschichten über sich selbst. Der Opa hat sich für diese Situation schon ein Sprücherl zurechtgelegt gehabt und sagt, dass er in der Monarchie eine Kaisermischung gewesen wäre, weil seine väterlichen Vorfahren aus Böhmen stammen und sein mütterlichen aus Ungarn. Und die Tango-Oma fragt nach: Von wo genau aus Böhmen? Und der Opa sagt: Wirst Du nicht kennen – ein kleines Städtchen namens Hohenfurth, da war mein Großvater Bürgermeister. Und darauf sagt die Tango-Oma: Oja, das kenn ich schon, weil meine Mama ist auch von dort.

Bist du deppat! Jedes Mal, wenn ich an diese Geschichte denke, krieg ich Gänsehaut. Gibt´s denn sowas? Und es wird noch besser: Die Mama von der Tango-Oma und der Papa vom Opa sind in die gleiche Volksschule gegangen und die Mama von der Tango-Oma hat sich mit der Tante vom Opa um die gleichen Männer gestritten und war beim Opa vom Opa im Geschäft einkaufen.

Na ja, also ganz ehrlich: Das ist doch schon einmal ein Start knapp unterhalb der Kitsch-Grenze tät der Opa sagen. Und die beiden sind spazieren gegangen und spazieren gegangen und dann haben sie ein Eis gegessen und sich dabei tief in die Augen geschaut und geredet. Ganz viel geredet. Und dabei festgestellt, dass sie beide gleich deppat sind. Ja, ehrlich! Die zwei haben die gleichen Fehler gemacht in ihrem bisherigen Leben, auf die gleiche Art und haben dabei eine Menge Geld in den Sand gesetzt und trotzdem ein ziemlich gutes Leben geführt, weil der liebe Gott letzten Endes doch ein liebes Auge auf sie geworfen hat. So jedenfalls haben es der Opa und die Tango-Oma mir immer erzählt. Die beiden glauben ja immerhin an sowas wie einen lieben Gott. Ich weiß nicht, wie ich dazu stehen soll, meine Mama tut sich schon lange ziemlich schwer mit dem lieben Gott und glaubt eher an seinen missratenen Bruder, der immer so viel Unruhe stiftet auf der Welt.

Jedenfalls: Die beiden essen Eis, schauen sich in die Augen, stellen fest, dass sie beide gleich deppat sind, da ist es doch bis zum Küssen nicht weit. Genau so wars.

So, wie soll ich meine Gedanken jetzt ordnen. Immer wieder fällt mir der Opa ein, der heute was gsagt hat und dann muss ich an diese Liebesgeschichte denken. Da soll sich noch jemand auskennen. Auf jeden Fall haben die beiden damals beschlossen, ein Paar zu sein. Und dann waren sie so zirka zwei Wochen ein Paar. Und dann waren sie wieder zur selben Zeit gleich deppat und haben sich wegen eines Missverständnisses zerstritten. Nur weil die

Tango-Oma ein bissi gezündelt hat und der Opa – ganz typisch für den alten Sturschädel – wieder einen Anfall gehabt hat wegen seiner Loyalitäts-Paranoia. Ich glaube, die beiden verstehen bis heute nicht, was sie da geritten hat.

Jedenfalls: 6 Wochen lang war´s aus. Richtig aus. Kein Telefon, keine Nachrichten, kein Sehen, kein Hören. Da hat sich wieder einmal gezeigt, wie die beiden so sein können. Stur bis zum Umfallen. Aber jeder genau verkehrt herum. Die Tango-Oma will halt bis zum Schluss glauben, dass alles irgendwann wieder gut wird. So ist sie. Und dann leidet sie, kränkt sich, isst nix, macht die Augen zu, stellt sich was ganz Supertolles vor und wenn sie´s lange genug so macht, passiert´s auch. Wirklich! Und der Opa ist das ganze Gegenteil. Macht die Augen auf, starrt immer nur in eine Richtung, sieht entweder nur schwarz oder weiß und betoniert sich ein. Obwohl er doch immer herumrennt mit der Behauptung, das Leben warat doch niemals nur schwarz oder weiß, sondern hätte ganz viele Farben und Grautöne. Glaubst Du, der Alte hätte es geschafft, einmal im Leben seine eigenen klugen Sprüche in seiner eigenen Wirklichkeit abzuladen? Wie oft hat die Tango-Oma mir zugezwinkert, wenn er wieder einmal am Trip war und von einer fixen Idee nicht heruntersteigen wollte. Und dann hat sie immer zu mir gesagt – so, dass er´s auch hören konnte: Schau, Baby, er ist halt so. Man muss nur Geduld haben mit ihm, weil er selbst hat keine mit sich selbst. Aber ich schon. Weil ich hab ihn mehr lieb, als er sich selbst. Und dann hat der Opa immer gsagt: Dafür hab ich aber auch mein Schatzi so lieb, wie kein anderer Mensch auf der großen weiten Welt und dann hat er sich immer so von hinten an sie herangeschlichen, hat seine Affen-Arme um sie herumgewickelt und hat sie in den Nacken geküsst. Und die Tango-Oma hat dann immer ihren Popo gegen seine Hüften gepresst und ein kleines GruGru gemacht – so wie eine Katze, die sie seinetwegen aufgegeben hat, weil er doch gegen Katzen allergisch ist.

Ah ja, ich war bei diesen seltsamen sechs Wochen vor so vielen Jahren, als die beiden keinen Kontakt miteinander hatten. Da hat die Tango-Oma dann dem Sturschädel-Opa ein E-Mail geschickt. Mit einer Musik drauf. Und einer Ansage. Dass sie jeden Tag an ihn denkt, oder so was. Der Opa hat sofort darauf reagiert. Weil er doch auch die letzten sechs Wochen immer so viel an die Tango-Oma hat denken müssen.

Sie haben sich wiedergesehen. Am 4. Juli 2013 um 7 Uhr am Abend. Beim Opa daheim. Die Tango-Oma beschreibt diesen Moment so gern. Der Opa hat die Tür aufgmacht, seine Arme ausgebreitet und die Tango-Oma ist in seine Arme gesegelt und der Opa hat gsagt: Jetzt hörma aber auf mit blöd sein. Und nachdem sie sich lange genug über diese Erkenntnis gefreut haben, sind sie ins „Rosnovsky" essen gegangen und haben beschlossen, dass sie für immer zusammen bleiben.

Und dann lebten sie glücklich und zufrieden bis ans Ende ihrer Tage.

Na, ganz sicher nicht! Zuerst einmal war der Opa zu der Zeit noch mit Oma verheiratet und obwohl doch die Mormonen im gleichen Haus, wo er wohnte, einen Tempel hatten, war ihm so gar nicht nach mehreren Ehefrauen. Zwei Wochen nach der Scheidung sind der Opa und die Tango-Oma aufs Standesamt marschiert, haben dort den 4. Juli als Hochzeits-Termin fixiert und tatsächlich am Unabhängigkeitstag 2014 geheiratet. Auf den Fotos von damals und in den Erzählungen von allen, die dabei waren, kann man sehen und spüren, dass das wirklich ein Tag der Liebe, der Heiterkeit und der Freude gewesen sein muss. Die Kids des Brautpaars haben ein Feuerwerk von ganz liebevollen Überraschungen abgefackelt. Es gab ein Puzzle, das Valerie, die Tochter der Tango-Oma organisiert hatte. Jeder, der eine Geld-Spende für die Hochzeitsreise geben wollte, hat ein Puzzle-Stück zum Selbergestalten gekriegt und Valerie ist wochenlang herumgedüst, um die Spender und die Puzzle-Stücke miteinander zusammenzufügen.

Meine Mama hat mit ihren Geschwistern ein Foto-Album organisiert. Da waren Polaroid-Fotos von den meisten Hochzeitsgästen drin und jeder hat zu seinem Foto eine persönliche Gestaltung kreieren dürfen. Eher müssen, denn da kennt die Mama nix. Keiner ist entkommen, ohne einen Spruch oder eine Zeichnung abzugeben.

Die Tango-Oma hat dann den Opa gerettet, weil der doch schon immer ein panisches Anti-Talent bei Puzzles hat. Als die Steine zusammengefügt werden sollten, hat sie einfach das Ruder übernommen und der Opa hat eine tragende

Rolle gespielt: Er hat den Puzzle-Rahmen gehalten und die Tango-Oma hat die Steine zusammengefügt.

Bei der Hochzeit konnten die Eltern der Tango-Oma noch beide dabeisein.

Oft und oft hat mir der Opa von ihnen erzählt. Er hat sie beide so sehr geliebt.

Und sie ihn. Der Opa hat es so sehr genossen, dass er mit 55 Jahren noch einmal Eltern gekriegt hat, mit denen er nach Herzenslust Sohn sein konnte. Die Mama der Tango-Oma hat sich so gefreut, dass er ihr ihre Heimat wiedergebracht hat und der Opa hat sie in sein Herz geschlossen, weil sie so sehr eine Mama für ihn war. Ganz genau so, wie er den Papa geliebt und verehrt hat, weil der doch so ein kluger und herzlicher Mann war und – so hat der Opa es immer formuliert – es geschafft hat, im hohen Alter die Herz-/Hirn-Schranke zu knacken.

Als die Eltern der Tango-Oma beide im Abstand von einem halben Jahr gestorben sind, war das für die Tango-Oma eine ganz schwere Prüfung, an der sie lange geknabbert hat. Opa hat Rotz und Wasser geweint, so sehr waren ihm die beiden ans Herz gewachsen. Er hat mir so gern erzählt von der Herzlichkeit und der Würde, die die beiden verbinden konnten und dass ihm das immer ein Vorbild war.

Ich glaube, die ersten zehn Jahre ihrer Ehe waren für das im Herzen junge Brautpaar eine sehr gute Zeit. Die beiden haben gelebt wie die jungen Hunde und haben ihr Glück sehr genossen.

Für den Opa gab´s ein paar Nüsse zu knacken. Es waren die letzten und entscheidenden zehn Jahre seiner Berufstätigkeit und er hat sich sehr anstrengen müssen, dass er gut im Geschäft bleiben konnte. Auch die Tango-Oma musste noch ordentlich Gas geben und hat es ganz super geschafft, in dem Verlag, wo sie gearbeitet hat, eine präzise Spur von Qualität zu ziehen. Da konnte sie wirklich gnadenlos sein. Was auf den ersten Blick so aussah, wie Liebenswürdigkeit mit einem Schuss Chaos, war hinter dieser Kulisse ein sehr strenges System, das wirklich immer wieder einmal gar keine Abweichung erlaubte. Da gibt´s nix – Ordnung muss sein. Aber der allerwichtigste Körperteil der Tango-Oma war und ist ihr Herz. Das hat sie mir im letzten Advent einmal so richtig ausgeschüttet.

Jeden Advent gab es schon seit Beginn der Zeitrechnung in der Familie der Tango-Oma das Adventsingen. Da kommen alle Familien-Mitglieder zusammen, einmal hier, einmal da und singen einen streng geregelten Ablauf von Weihnachtsliedern. Das größte Wunder dabei: Opa, der normalerweise solche Versammlungen gar nicht haben kann, freut sich jedes Jahr auf das Advent-Singen und singt sogar mit! Als kleines Mädchen bin ich da auf seinem Schoß gesessen und habe die tiefen Schwingungen in seinem Bauch in meinem Rücken gespürt. Letzten Advent war es wieder einmal so weit. Große Familienversammlung bei der Tango-Oma. Opa schon im Rollstuhl und ein Ausbund an Grantigkeit. Ich hab der Tango-Oma beim Vorbereiten geholfen, Keksis in Schüsseln geordnet und in der Küche das Backrohr bewacht. Da hat sie sich neben mich gestellt und ein paar Tränen sind ihr die Wangen runtergelaufen.

„Weißt Du, mein Baby, mit Deinem Opa ist´s manchmal gar nicht so leicht. Was in den ersten Jahren unserer Ehe gewirkt hat, wie ein paar liebenswürdige Schrulligkeiten, hat sich in den letzten Jahren zu einer handfesten Kauzigkeit entwickelt."

„Was ist ein Kauz?"

„Jemand, der nicht mehr unterscheiden kann, was die anderen lustig finden und was sie nur noch nervt. Dein Opa hat sich für diese Art entschieden und seinen Sturschädel noch oben draufgesetzt. Ausgerechnet er! Er hat mir immer von seiner Oma erzählt, die gesagt hat, dass sich im Alter die negativen Eigenschaften verdoppeln und verdreifachen. Und dass ihm das nicht geheuer ist und dass er so nie werden will. Jetzt hat er es geschafft.

Dabei hab ich mich so auf diese Jahre gefreut! Nach all dem Stress in seiner Selbstständigkeit, dem Nachlaufen hinter dem Geschäft, den Sorgen, Jahr für Jahr, ob sich wohl alles ausgehen wird, war dann endlich alles überstanden. Wir wollten Reisen machen, schreiben, Zeit für uns haben, die Enkel ein bisschen genießen – nur ein bisschen (und dabei hat sie dann doch übers ganze Gesicht gelacht). Und eine Zeit lang ist uns das auch ganz hervorragend gelungen. Ich hab schon immer gewusst, wo er halt seine Zeit braucht, bis er was einsieht und auch wenn diese Zeitspannen immer länger geworden sind, ist er doch immer wieder auf unserer gemeinsamen Spur angekommen.

Aber seit zwei, drei Jahren schafft er diese Kurven immer weniger. Es ist wie mit seinem Rücken. Der wurde auch immer steifer und jedes Bücken war eine Expedition. Wir haben dann schon fast aus Notwehr nur mehr Schlüpfer mit Klettverschluss gekauft, damit die Krisen beim Schuh- zusammenbinden ein Ende haben. Irgendwie läuft die Zeit verkehrt herum. Absolut verrückt, weil genau das Thema hat ihn immer so fasziniert. In Büchern und im Kino. Ich weiß genau, wie er sich fühlt, wenn er sich immer in sein Kammerl zurückzieht. Dann schämt er sich wegen seiner Hartnäckigkeit und schimpft auch leise mit sich selber – ich hab ihn einmal unabsichtlich dabei erwischt, wie ich ihm seinen Espresso und einen Kuchen gebracht hab und er mich nicht gleich bemerkt hat. Dann hat er sich in seinem Schreibsessel zu mir gedreht und seinen Kopf gegen meinen Bauch gehalten und leise vor sich hinge- atmet. Ich liebe solche Momente der Nähe so sehr und da hab ich seinen Kopf ganz sanft in meine Hände genommen und gemerkt, wie wohl er sich dabei fühlt.

Wenn ich bloß wüsste, was in diesem Kopf immer wieder vor sich geht. Es wäre so schön, wenn er weniger denken und mehr spüren wollte, er kann das Spüren doch so gut. Wo ist bloß sein berühmter Radar geblieben, auf den er immer so stolz war?" Dann hat mir die Tango-Oma ein Bussi auf die Wange gegeben, sich weggedreht und ein bissi mit den Händen gezittert, während sie ein paar Weih- nachtskeksi ausgestochen hat.

Jetzt ist der Zug im Bahnhof angekommen und ich sprinte zur U-Bahn, damit ich so schnell wie möglich zur Wohnung vom Opa und der Tango-Oma komme.

Sie empfängt mich mit dem Lächeln, für das ich sie so mag.

Die Frisur ist ein bisschen durcheinandergeraten, ein paar der grauen Strähnen hängen seitlich lose an ihren Wangen entlang und irgendwie wirkt sie ein bisschen mädchenhaft trotz all der Aufregungen. Vielleicht aber auch deswegen.

Ich spüre die Nähe vom Opa, kann ihn aber nicht sehen. „Wo ist er denn", frage ich die Tango-Oma. „In seinem Kammerl, er wollte jetzt ein bisschen vor sich hin grummeln. Kein Wunder, nach allem, was heute passiert ist."

„Was ist denn passiert?"

„Mir hat´s einfach gereicht. Ich hab ihm die aktuellen Nachrichten vorgelesen, da hat ihm wohl wieder irgendwas nicht gepasst und er hat eine ruppige Handbewegung gemacht und seinen Tee vom Tisch gewischt. Nix Besonderes, an sich. Aber heute war´s für mich zuviel. Und da hab ich ihm gesagt, dass ich genug habe von all den kleinen und großen Lieblosigkeiten, dem ewigen Gestänkere und dem Mangel an Freude und Heiterkeit. Und dass ich jetzt eine Tageshilfe für ihn organisieren werde und mich endlich wieder um meine Freundinnen kümmern will. Und wenn er nicht bald einmal zur Besinnung kommt, dann werde ich ihn verlassen."

Die Tango-Oma ist ganz ruhig, während sie mir das erzählt. Offenbar hat das schon ganz lange in ihr gegärt und nun schüttet sie einfach den Behälter mit der vergorenen Wahrheit in aller Ruhe aus.

„Wie hat der Opa denn darauf reagiert?"

„Er hat was gesagt. Ha, Ha hat er gesagt.

Und ich hab mir gedacht: Das darf jetzt aber wirklich nicht wahr sein! Nach einem Jahr der Exerzitien bringt er nichts Besseres zustande als ein lächerliches Ha, Ha. Er lacht mich aus. Da hab ich mir gedacht, jetzt muss ich zumindest an die frische Luft, bin zum Schuhkasten und hab mir Schuhe angezogen und war schon auf dem Weg zur Wohnungstür, da hat er sich wieder gemeldet und gesagt: Ha ... Hasi, ich liebe Dich! Bitte verzeih mir!

Es war kein Ha, Ha als Lachen, sondern er hat meinen Kosenamen nicht schnell genug über die Lippen gekriegt.

Ich hab mich dann hingesetzt, ihn angeschaut und musste tatsächlich lachen. Ha, Ha, hab dann ich gesagt, das ist ja wieder typisch für Dich! Du glaubst doch nicht ernsthaft, dass Du mir so davonkommst. Jetzt sagst Du mir zuerst einmal, was mit Dir los ist und warum Du so lange nix geredet hast. Es hat eine lange Zeit gedauert, bis er seine Worte ordentlich zusammengeklaubt hat.

Die Essenz ist: Der Opa war nach seinem Schlaganfall super sauer, dass ihm das passiert ist und dass er nicht abhauen hat dürfen. Er hat aber auch gespürt, dass seine Sprechfähigkeit nicht kaputt gegangen ist. Aber er hat auch gespürt, dass er nun lieber eine Weile die Klappe halten sollte, nach all den Säure-Attentaten, die er in den letzten Jahren an Freund und Feind angerichtet hat. Vor allem auch an mir. Wie er halt so ist, hat er dann die Überfuhr versäumt und sich nach ein paar Monaten des freiwilligen Schweigens nicht mehr aus seiner selbstgewählten Isolation herausgetraut. Erst als ich ihm heute wirklich einmal mit aller Gewalt klar gemacht hab, dass ich so nicht mehr weiter will, musste er die Blockade brechen.

Wir werden jetzt einmal eine ordentliche Kur machen, damit der alte Spinner wieder in Bewegung kommt und dann sehen wir weiter. Jetzt schämt er sich, der dumme Kerl.

Geh rein zu ihm und bring ihm ein Bussi. Er wird sich sicher freuen."

Über den Autor.

Hannes Sonnberger, Jahrgang 1958, hat in Wien Politikwissenschaft und Publizistik studiert. Nach 20 Jahren als Führungskraft in der Werbung arbeitet er seit 2005 als zertifizierter Wirtschafts-Coach und betreut Führungskräfte in Deutschland und Österreich. Das Buch entstand als Abendunterhaltung in den Toskana-Urlauben mit seiner Familie.